YOUNG AGE小說鮮視界！

YA!

青春滿點！活力滿載！好看滿分！

未來都市 NO.6 #6

淺野敦子—著

Bxyzic—圖　珂辰—譯

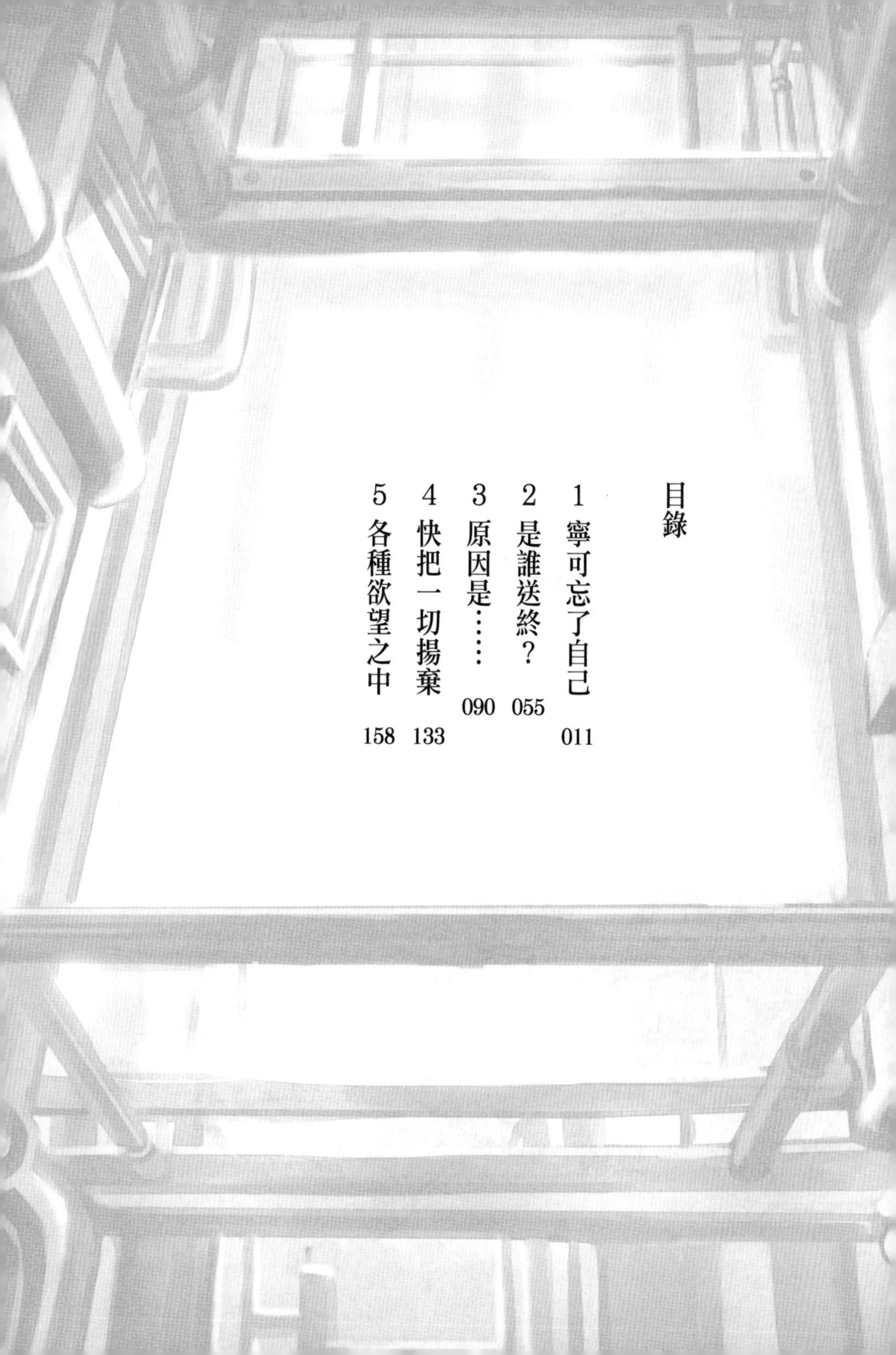

目錄

W
N
S
E
監獄
森林區
北區
農田
東區

NO.6 平面圖
西區
垃圾處理場
特別關卡
下城
市政府大樓
（月亮的露珠）
森林公園
南區
住宅區
農田

人物介紹

紫苑

兩歲時被NO.6市政府認定「智能」屬於最高層次，便和母親火藍住在「克洛諾斯」裡，接受最完善的教育與生活照顧。十二歲生日那天，紫苑因為窩藏VC而被剝奪了所有的特殊權利，淪為公園的管理員。

後來，紫苑在公園中發現因殺人寄生蜂而出現的屍體，竟因此被治安局誣陷為兇手，在千鈞一髮之際被老鼠所救。沒想到，紫苑的體內也遭到不明蜜蜂的寄生，差點命喪黃泉。熬過死亡大關的紫苑，所有的頭髮都變白了，身體上也出現一條纏繞全身、如紅蛇般的痕跡。

老鼠

真實姓名不詳，有著如老鼠般的灰眼珠。十二歲的時候因為不明原因，從外面被運送進NO.6裡，還被冠上「VC」──重大犯罪者的身分。受了槍傷的老鼠，逃進少年紫苑的房間裡，也開啟了兩人四年後重逢的緣分。

當紫苑因為寄生蜂事件，被治安局誣陷為殺人兇手時，老鼠出手救了紫苑，並將他帶到自己居住的西區，還陪伴紫苑熬過了寄生蜂入侵體內的生死關頭。

火藍
紫苑的母親，跟紫苑一起被趕出「克
洛諾斯」之後，在下城的某個角落，
開了一家手工麵包店。雖然是只有一
個展示櫃的小店面，但是從早到晚都
飄著麵包的香味，很多人因此被吸引
而來，生意滿好的。
力河
前《拉其公寓》（報紙名）的記者，
現在在西區以發行不良的黃色書刊
和為NO.6高官找樂子為業。曾經歷
過NO.6初創建的時期，並知道許多
不為人知的黑暗內幕。力河與紫苑
的母親火藍是舊識，年輕的時候曾
經非常喜歡火藍。
沙布
兩歲時，智能被認定為最高層
次，在十歲之前是跟紫苑在同一
間教室學習的同學，一直到十六
歲仍跟紫苑來往密切。主修生理
學，已經被市政府選為交換留學
生，到其他都市去進修。

火藍&立克
老鼠家附近的孩子,是一對姊弟。
因為家裡非常貧窮,常常吃不飽，
而紫苑因為火藍與母親同名，所以
對她很有親切感,表示有空時願意
讀故事給火藍還有其他小孩子聽。
楊眠
小女孩莉莉的舅舅。外表上看起
來，他是一個身材瘦高、長相
平凡的中年男子，但其實對於
NO.6，內心藏有諸多不滿和憤
恨。在一個偶然的機會下，曾出
手救了紫苑的母親火藍一命。
借狗人
個子矮小,擁有一頭長到腰際的
黑髮,經營西區內一間殘破的舊
飯店，以出借狗給投宿的人取
暖為主業；因為聽得懂動物的語
言，所以也利用狗到處打探情
報，並將情報販賣給需要的人。

市長

市長有一對愛抖動的大耳朵，學生時代的綽號叫「大耳狐」。密謀未知的計畫，期望將以市長的身分來掌政的時代結束，改以君王的身分絕對掌管NO.6，統治這塊土地。

白衣男

長髮、戴著一副度數很深的近視眼鏡，終日從事瘋狂的人體實驗。與市長在學生時代為同學。和市長各懷鬼胎、相互利用，企圖掌控NO.6。

你看到了什麼?小紫苑。

I 寧可忘了自己

要想到我所幹的事，最好還是忘掉我自己。用妳敲門的聲音把鄧肯驚醒吧！我希望妳能夠驚醒他！
（馬克白　第二幕　第二場）

傳來風的聲音。

那是一種哀戚的啞咽聲響。

怎麼可能……

紫苑停下腳步，緩緩地眨了眨眼。好暗，已經習慣黑暗的眼睛裡仍然只有漆黑一片，視線所及之處全都籠罩在墨黑之中。當然，根本沒有風。

這裡是地底深處。

神聖都市NO.6背後不為人知的場所——監獄的地下空間。不可能有風，更不可能聽到風聲。然而，紫苑卻聽到呼嘯的風聲，雖然只有一瞬間，但是他真的聽到了。

跟在不久之前住過的NO.6內部聽到的風聲不一樣，既不是搖動茂密枝葉的風，也不是帶來嬌嫩花香的風，而是……

廢墟的風。

他想起荒蕪地孤立在西區一角的飯店殘骸。剛才聽到的，就像那裡呼嘯而過的風聲。

冰冷的風，每次這風一吹來，都有種寒風沁骨的感覺。倒在路邊一動也不動的老人、因飢餓而喪失體力的孩童們，實際上也會被這股冷颼颼的風凍死，殘酷又無情的冬風。

好懷念。比起NO.6裡無害的溫柔微風，廢墟裡呼嘯而過的刺骨寒風更令人懷念好幾倍。

這會兒借狗人在做什麼呢？是不是正在用大鍋子煮剩飯，動作敏捷地準備狗兒的食物呢？還是忙於清點今天賺到的錢呢？褐色肌膚、烏黑頭髮、身材瘦弱的借狗人。

紫苑託了一名嬰兒請借狗人照顧。其實是硬塞給他的。

紫苑，你別太過分，我開的是飯店，可不是慈善事業的孤兒院。

腦海裡浮現一張苦瓜臉。

對不起，借狗人。除了你，我無人可託，只好拜託你了。

嘖！

借狗人咂舌。

真是個麻煩的傢伙。好啦，我幫你啦，我也還算是有點愛心。對啦，連狗都不吃的愛心，真拿你沒辦法。我的狗拚命保護的嬰兒，我也不能把他丟出去……我太好說話了，連我自己都覺得受不了。

借狗人，謝謝你。

我才不屑你的感恩哩，又不能當飯吃。紫苑，我幫你顧孩子，只是幫你而已，你可一定要來接他喔！人是你撿回來的，你自己養，自己負責，聽到了沒？一定要來接他……

「紫苑。」

老鼠回頭，喊了紫苑的名字。

紫苑清楚地捕捉住擁有光澤的灰色眼眸。就算在如此漆黑的空間裡，老鼠的眼眸仍舊吸收光線、綻放光芒。還是……？紫苑此刻念頭一轉。

還是就算沒有光，就算在連一絲光芒都沒有的漆黑當中，我仍然可以捕捉到這雙眼眸呢？

「別停下來，跟緊我。」

「啊……嗯。對不起，我有點恍神了。」

「恍神？」

「我覺得好像聽到風聲，吹過借狗人廢墟的風聲……我知道是我聽錯了，但是……我問你，老鼠。」

「嗯？」

「借狗人現在在做什麼呢？」

老鼠眨眨眼。感覺他好像倒抽了口氣，說：

「真的不能小看你。」

「嗯？」

「在這種情況下還能恍神的人可不多啊，因為太過緊張而失神的人倒是不少，而你居然還能聽風聲，悠哉地想著別人，這簡直是神蹟呀！你可以名列仙班了，今後我可要早晚膜拜囉！」

「你在諷刺我？」

「怎麼會？我可沒那個膽量敢諷刺神，我真的佩服你，只是……」

手臂一把被抓住。

好痛。

手指緊緊地扣住皮肉。

老鼠乍看纖細的手指究竟多有力道，紫苑可是一清二楚，因為他的手臂不知道被他抓過幾次，每次都痛到表情扭曲。但也是因為紫苑的手臂不知道被抓住幾次，才能逃過一劫，無數次，難以計算……那雙手讓紫苑從死裡逃生、在絕望之中得到希望、捨棄虛假看清真相。如果沒有那雙手，他根本撐不下去。

「接下來請你膽小一點，管借狗人在做什麼幹嘛，想想如何保護自己吧！」

「我知道了。」

「你真的……知道嗎？」

「知道，應該吧……」

「應該，我看你還是搞不清楚狀況吧！」

老鼠突然笑了，微微的、卻忍俊不住的愉快笑容。

「我居然在這個地方、在這種時候跟你聊這種話題，我還真悠哉啊！看來跟你在一起，連我都能名列仙班了。」

說完，老鼠的口吻變了，變得沉重又銳利，指尖的力道也更加強悍：

「不管發生什麼事都不准離開我，你自己想辦法跟上我。我之前就告訴過你了，我不會再講第二遍。」

紫苑點頭。

也許是看到或是感覺到紫苑的點頭回應，老鼠轉頭繼續往前走。這個背影不會輕易地轉頭看自己，這點紫苑很清楚。

如果不拚命活下去，如果不貪婪地想著要活下去，老鼠就絕對不會回頭眷顧自己。

老鼠絕不會崇拜漫不經心、反應遲鈍的神。

紫苑吸了一口漆黑的空氣，緊跟著邁開腳步。

岩石的裂縫間有條微微往上延伸的小路，約一名成年人勉強可通過的寬度，感覺比那條等距離嵌著電燈泡的水泥通道還要狹窄。這不是一條很長的路，但是因為蜿蜒曲折，感覺特別難走。

可是……

紫苑用手背抹去汗水。

可是，這裡沒有血腥味。

沒有彌漫在那條通道上的血腥味，也沒有幾十名漸漸死去、慢慢被虐殺的人所發出的呻吟聲。

這裡只有黑暗。

就算這只是短暫片刻，就算跟過去一樣，黑暗盡頭有紫苑無法想像的現實在等待著他，但是至少在這裡聞不到人們被不分青紅皂白殘忍地虐殺的腥臭味。

感激。如同沙漠裡的綠洲，讓人心存感激。

太天真了。

紫苑緊咬下唇。

不用老鼠說，他也知道自己太天真了。

只是聞不到罷了，只是聽不到罷了，只是隔著牆壁，肉眼看不到罷了。

事實上近在咫尺。

人類，連剛出生的嬰兒在內，有幾十個人遭到莫名的殘酷獵殺，這個真相就在跟紫苑現在所站之地相連的地方正在進行著，此時此刻還持續著。

不是聞不到、聽不到、看不到，就表示不存在。即使找到了綠洲，沙漠依舊存在。

天真。

只是想逃避罷了，只是想遺忘看到殘忍虐殺時的憤怒罷了，只是希望自己不要看見淒慘的景象罷了，只是想縮成一團，什麼都不想地投入沉睡的夢鄉罷了。

天真，而且軟弱。

摸索著岩壁，努力追上老鼠。

總之現在要追隨他的腳步。不……我總是一直追著他的腳步。

在西區生平第一次走在暗夜時，紫苑也曾跑過。如果沒有那些經驗，我不可能走在這彷彿眼珠子被戳瞎後的黑暗裡。

就這方面來看，自己已經變強了一些。

告訴自己。要相信，相信自己也以自己的方式儲備了能量，要相信自己。陷入自我厭惡、沉溺在挫折感中，這些都很容易，但是毫無意義。相信自己是一種力量，將這種力量視為糧食、當作武器，許多困難自然能迎刃而解。

紫苑將精神集中在跨出的腳步上，一步、一步往前邁進。

眼前出現了光亮。昏暗的光亮，在前方微微亮著。

老鼠的背影滑進那片淡淡的光亮中。紫苑加快腳步。

「啊……」

紫苑倒抽一口氣。

他此刻來到一個廣場，這裡比剛才老鼠跟灰色男人對打的地方還要寬敞，天花板也高。高度約有三層樓高，周圍是凹凹凸凸的岩石，跟剛才看到的一樣。

這裡是一個構造複雜的巨大洞窟。

老鼠這麼說。如果真是這樣，這裡就是一處自然形成的廣場。四周的岩石上處處點著蠟燭，不光是蠟燭，也有電燈的光亮，雖然都是淡淡的光線，但是很溫暖，也很漂亮，彷彿綻放在岩石上的小小火焰花。

石地？

紫苑瞇起眼睛凝視。屏息，專心凝視，然後再屏息。

有影子在動。

一、二、三、四……不是老鼠，並不是那麼小的生物。有幾道影子在動，用兩隻腳站著，竊竊私語著什麼……兩隻腳站立，竊竊私語……

人類！

嚥下的氣息堵住了喉嚨，心中的鼓動越來越激烈。

人類，這裡有人類，從岩場四周探頭窺視我們！是人類！

紫苑再用力瞇眼凝視，發現岩石上的蠟燭後面有一個很大的洞口。洞窟裡還有洞穴，那些人似乎就是從那裡爬出來的。

紫苑的視力並無法捕捉住個別的身影，但是他還是朦朦朧朧地能判別出這些人的身高跟體型都不一樣。

可能有男有女，有大人也有小孩吧？他們全都探出身子俯視著這邊。一直盯著看，會覺得他們的眼睛裡散發出一股微弱的光芒。

「老鼠，這些人是……」

「你覺得呢？」

「啊……是存活下來的人嗎？跟我們一樣從死刑場逃過一劫的人？」

「錯！」

老鼠緩緩地搖搖頭，那緩慢的動作一點都不像平常的他。老鼠說：

「他們從很久以前就住在這裡了。」

「很久以前……什麼意思？」

「你很快就會知道。」

很快就會知道。是嗎……是這樣嗎？

很快就會知道。只要你有毅力與力量。

紫苑握緊拳頭。

問很容易。紫苑總是在問，在自己試著去解讀眼前的現實之前，總是輕易地要求老鼠告訴自己正確答案。

已經不能再這樣了。

要自己找答案，去抓住、去解讀。

就算是老鼠，終究也還是別人，只依靠別人所說的話是無法看清事實，無法跟超乎想像的現實對峙，也就無法跟老鼠站在對等的位置上。

要自己去發現。

老鼠的視線掠過紫苑，灰色的眼眸上蒙上一層陰影。他眨了眨眼，抹去眼中的陰影後，單手柔順地往旁邊一揮，那是老鼠獨特的優雅動作。他說：

「你看看，真是壯觀啊，全都出來迎接囉！」

「你在這裡也這麼有名啊！」

「……笨蛋，他們是來迎接你的吧。」

「我？」

「你很特別啊。有外人闖進這裡可是前所未聞之事啊，而且還是NO.6的居民呢！」

「是前居民，現在已經不是了，NO.6的ID卡我早就扔了，我早就不是那個都市的市民了。」

「別在意呀，我只不過是一時口誤罷了。」

「我在意，而且這一點都不是小事情。我沒有你想像中的軟弱，也沒有被NO.6綁住。」

也許有點虛張聲勢，即使如此，紫苑仍儘可能挺直腰桿。

我是軟弱，精神跟肉體都太脆弱了。不過，決心不會動搖，也毫不猶豫。不是在神聖都市的內側，而是要在外側活下去的決心；想要跟你一起生活下去的想法，都絲毫沒有動搖，也不會覺得困惑。

「誰說你軟弱了？」

「你常常說。」

「怎麼可能！你是最強的，我剛才不是才佩服過你？我說你很厲害，不是嗎……我現在更加欽佩你了，你實在太強了。」

老鼠聳聳肩。

「我沒想到在這種情況下，你還會這樣抓著我的語病向我抱怨。」

吱！吱！吱！

一隻溝鼠沿著紫苑的身子往上爬，坐在他的肩膀上。牠比哈姆雷特、克拉巴特牠們重很多，而且有腥臭味，不過蠕動鼻尖、歪頭的動作是一樣的。另一隻坐上紫苑的另一邊肩膀，那傢伙將頭探入紫苑的白髮裡，上下摩擦著臉頰。接著又有一隻小老鼠靠近紫苑的腳邊，一隻又一隻地靠過來。

老鼠們在紫苑的身上爬上爬下，發出如同撒嬌般的聲音。

吱！吱！吱！嘰嘰嘰嘰嘰……

吱吱吱、吱吱吱……

「喂，你們別玩了啦，我可不是溜滑梯，別玩了啦，很癢耶。」

紫苑扭著身體。

空氣中出現騷動，在黑暗中掀起漣漪。倒抽一口氣的聲音、聽起來不真切的竊竊私語、微微搖動的身影、投射而來的視線……居住在石子地的居民，他們的氣息傳了過來。

「真有趣的孩子。」

有個聲音從頭上傳來，雖然低沉，卻很響亮。雖然比不上老鼠的歌聲，聽起來卻很舒服地滲透入耳裡。

跟剛才是同一個人嗎？在墨黑的空間裡傳來的那個聲音。

「你說吧。」跟那一句話是同一個聲音嗎？

紫苑抬頭。

石場中央有個彷彿陽台一樣突出的空間，上面有個坐在椅子上的男人。

男人……應該是吧……穿著下襬很長的長袍，頭髮跟鬍鬚都又長又白的老人……看起來是這樣。四周昏暗，無法看清他的長相。

「真有趣的孩子，居然能讓老鼠們沒有敵意，也沒有戒心。告訴我你的名字吧，你叫什麼？」

「紫苑。」

「紫苑……真漂亮的名字。」

「啊……謝謝，謝謝你的誇獎。請問，你呢？」

「我？我怎麼了，紫苑？」

「請問你叫什麼名字？」

騷動……

黑暗中的漣漪越來越大。溝鼠在肩膀上吱吱吱地叫著。響起笑聲，四周的岩場揚起各種笑聲，朝著紫苑襲來。

嘻嘻嘻……

名字耶。

嘻嘻嘻……

他問名字耶。

嘻嘻嘻、嘻嘻嘻、嘻嘻嘻、嘻嘻嘻……

笑什麼?我不過是問了名字而已，這樣就能讓這些人失笑嗎?

嘻嘻嘻、嘻嘻嘻……

笑聲此起彼落。

紫苑望向站在身旁的老鼠。

老鼠一動也不動地站著。當然他沒有笑，他的臉上沒有任何表情，如同雕像一般。

「老。」

深厚的聲音彷彿笑聲的漣漪般傳送過來，洞窟裡的聲音霎時靜止了。被彷彿風平浪靜的森林裡，偶爾會遇見的那種讓人覺得疼痛的寂寥取而代之。寂寥之中，只有老人說話的聲音緩緩地擴散開來。

「老，大家都這麼叫我。」

「老……你的名字嗎?」

「也許吧，也許只是老人的意思。」

「所以這不是你的本名嗎？」

數秒的沉默，之後，老說：

「嫩小子，這裡沒有人拘泥什麼名字，沒有任何一個人……老鼠，你沒告訴他嗎？」

聽他這麼一問。

紫苑嘆了一口氣。

聽他這麼一說，紫苑才想起自己根本不知道老鼠的本名。

「老。」

老鼠動了，他往前跨出一步繼續說：

「請你聽我們說。」

「好。」

老人在椅子上挺直身軀。

「你回到這裡來，原本不可能再見的人，卻再度出現在我的面前，我就聽聽你的理由。」

「謝謝。」

「謝？老鼠，你在外面待了一陣子，變得軟弱了。不過，你變得再怎麼軟弱，也不會忘了規矩吧？」

「當然。」

「一旦離開這裡，就不允許再度回來。你打破了這個禁忌，就必須付出代價。」

「我知道，我會接受懲罰，所以請聽我們說。」

老人折了折手指。

剛才沒有發覺椅子的腳上綁了兩根長長的棍子，與其說是椅子，倒不如說是轎子還比較貼切。

有兩個男人抓著棍子，連同轎子一起把老人抬高。

腳呢？

老人穿的長袍下襬只是垂著而已。他失去了膝蓋以下的腿，而且是雙腿都沒有。

老人坐著轎子從岩場沿著牆壁慢慢往下走。一道將長髮綁在後面、從身體的輪廓看來應該是女性的人影，拿著類似畚箕的東西，在轎子的前方掃著。似乎是在清掃露水。

那裡有路，一條人與人正好可以擦肩而過的路。雖然相當陡峭，然而男人們卻以穩健的步伐走著。

那當然不可能是自然形成的，而是由人工貫穿岩壁而成的路。仔細一看，路沿著岩壁分布，也許是可以任由人們自由來去的構造。

這是……城市嗎？

紫苑重新檢視四周，同時也讓自己的思路轉動。

像是住居般大小的洞穴、岩壁上的道路、這個廣場、從廣場往深處延伸的漆黑空間，甚至還能聞到煮東西的味道。而且還能感受到微微的，真的是微微的風，空氣流動著，這就代表這裡跟地上是相通的嗎？……這裡是人們居住的城市！

地底下有城市？

控制著千頭萬緒的思考，整理出一個思緒。

老鼠曾說過這片漆黑中的居民並不是逃過「真人狩獵」的人……應該沒錯吧？然而，在陽光無法到達的地下世界，有一群人生活在這裡，這樣的條件未免也太過嚴苛了吧？人類這種生物的構造原本就是適應地上的生活，在幾乎沒有陽光、氣流、自然變化的地方，怎麼可能活得下去？然而，眼前的確有一群人，這裡有人類居住的痕跡。

眼前的風景並非一朝一夕形成，這點自己還看得出來。這群人在漫長的歲月裡居住在地底下，建造街道，慢慢適應過來的吧……眼前的情況只能如此解釋。

紫苑忍不住深深嘆氣。

這裡是什麼地方？不是監獄的下方嗎？

為什麼會出現這樣的街道？是偶然嗎？

該不會是……

紫苑的腦中正在腦力激盪，可是再怎麼思考，也抓不住一絲思緒。無法跳脫「該不會是……」的推測。然而，正因為如此才要推敲，才要假設「該不會是……」的假設。紫苑拚命想著。

該不會是從很久以前，就有人住在原本就有巨大洞窟的這個地方吧？

原住民……

如果在NO.6這個都市國家誕生之前，就有人居住在這塊土地上……

西區那一帶過去也是一個美麗的小小城市，力河等許多人就生活在那裡，母親也住在那裡，雖然沒見過、也沒有任何記憶，但是父親應該也住在那裡。城市後來變了樣，成為孕育NO.6的母體。不，不是城市變了，是人變了。因為人，一個擁有特殊合金牆壁的巨大都市國家誕生了。牆壁的外側，城市的殘骸變成了西區，變成了荒蕪的一角。然而，那只是西側而已。

NO.6破壞的只有西邊的城市嗎？北邊的群山、森林、南邊往東邊延伸的草原、從東邊到西邊散落的點點湖泊……從NO.6的面積來估算，應該是向東南西北所有方向擴張、併吞……這麼想才是正確的吧……

一陣冷顫閃過背脊。

北邊的群山、南邊的草原、東邊的濕地。在這些地方的某處，有紫苑不知道的種族生活著，而且不只一個種族，山裡、森林裡、草原裡都有人類生存。這個洞窟裡也有……

原住民族，從遙遠的古時候就居住在洞窟裡的人們。

有人居住在力河與母親也曾居住的地方，有著不同性質的世界……這些人大概跟「城市裡的人」幾乎沒有接觸，各自活在自己的領域裡互不侵犯，也許連彼此的存在都不知道。

原本這裡是一片遼闊的森林地帶。而在這顆星球上，具備人類生存所需條件的地方只剩僅僅六個區域。

人們在這六個區域建造城市，而這些城市後來慢慢變成了都市國家。人們記取過去的歷史教訓，一致認為不擁有任何武力才是人類能夠存活下去的最基本條件，因此簽訂拜伯倫條約，同意放棄所有軍隊及武力，並捨棄都市原有的名稱，只單純以號碼為名，也就是NO.1到NO.6。

在尊重各自的獨特性與獨立性為原則下，維持彼此間的密切關係，這六個都市等同一個國家的想法，不僅為政者，連每一位市民都如此期待，如此下定決心。

我們只剩下這些地方了，絕對不允許繼續破壞。戰爭是罪惡，會引導一切走向滅亡，會從根本危及我們的存在。為了我們人類的未來，必須放棄所有武力。

在這樣的理念之下，我們在這裡創建以友好、理解、信賴為基礎的六個都市。

NO.1到NO.6。

第六塊地區有著比其他地方更豐腴的自然條件。我們利用這樣的自然條件、人類的睿智與科學技術，創建了史上罕見的理想都市。

這就是神聖都市NO.6誕生的始末。

這是紫苑以菁英學生的身分，在教育設備完善的教室裡學到的歷史概要。

感覺一股比剛才更強烈的寒顫閃過，似乎連指尖都結冰了。

一閉上眼睛，不，即使張開著眼睛，腦海裡仍舊浮現「真人狩獵」的風景。那是現實，自己親眼所見的現實。

組合屋應聲倒塌，帳棚被炸飛，四處逃竄的人們被無情地虐殺。男人、女人、老人、小孩，連嬰兒都不被放過。除了丟石頭，沒有其他抵抗能力的人們遭到新式武器的攻擊。真的是一場殺戮……

還說什麼放棄所有武力！

紫苑下意識地緊咬下唇，血腥味在嘴裡散開，隨著唾液吞進肚裡。

紫苑不了解其他都市的情況，但是、但是……

這些都市漸漸成為擁有壓倒性強大軍事能力的武裝國家，至少NO.6是如此。

什麼時候開始變成這樣？

紫苑再吞了一次和著血的唾液。

那個都市從何時開始改變？何時開始偏離拜伯倫條約的理念與理想？

究竟從何時開始的……？

一開始就這樣了嗎？

紫苑感覺到一股視線。他迎上老鼠的眼神，感覺被一塊閃著光芒的灰色布幔團團籠罩。紫苑的心跳得好快，腦海中盤旋的各種思緒全都暫停了。

那一瞬間，紫苑有一種快感。

真不可思議！他的眼睛裡散發出來的微微光芒會讓自己覺得被排斥，也會讓自己覺得被包容。

只是現在不能將自己投身在那種甜美的自我陶醉中。如果停止了思索，就會隨波逐流，很容易就會迷失在他人的言語、時代的氛圍中。

老鼠不可能擁抱逃避思索、只想隨波逐流的人。

紫苑揚起下巴，繼續思索。

我並不想被包容，我並沒有捨棄思考。我會以自己的方式去解讀周遭的世界，也會面對這個世界的真實，與這個邪惡的真面目對峙。老鼠，你認為那就是對抗，不是嗎？

紫苑錯開老鼠的視線，閉上眼睛冥想。再度思考。

究竟從何時開始……？

從最初？

沒錯，從最初，從NO.6誕生時開始，這個都市就偏離了和平與共存的理念吧。

這塊土地上還有一直住在這裡的人，而NO.6侵略了那些人，如同飢餓的野獸啃食獵物到屍骨無存般的企圖征服那些人。NO.6就是這樣擴張領土，建立都市國家的基礎……和平？共存？如同嘲笑這些用詞一般，用武力占領周邊地區。

如同破壞西區一般，如同虐殺西區的居民一樣，使用壓倒性強大的兵力……

可是，不對……那個要怎麼解釋？LED，發光兩極體。讓電流流過特殊半導體的接合部分使其發光，那是不存在於自然界的光，科學的光。那應該是NO.6發明的東西吧？還是……還是、還是……這裡有跟NO.6並駕齊驅或是更高超的科學文明存在呢？如果是這樣，應該沒有那麼容易被侵略啊？當然，科學並不是萬能，也不是無敵……

不懂。

彷彿走在迷霧之中。

再怎麼思考、再怎麼探究，還是無法接近事實。越是思考、越是探究，就越是迷惘，無法從迷宮中走出來。思考無處可依，令人徬徨。

真令人心煩。

吱吱……

溝鼠從紫苑的肩上跳了下去，小老鼠們也躲進岩石的裂縫裡。

怎麼回事？

就在紫苑用眼睛追著小老鼠的瞬間，他被襲擊了！有一道影子將他的手反折到背後，並摀住他的嘴。才一瞬間，他就被細繩綑綁住了。背後被用力推了一下，雙手被綁在後面的他就這麼摔倒，肩膀狠狠地撞擊地面。

「幹什麼！」

「紫苑，別反抗！」

老鼠也被綁著，跪在地上對紫苑搖頭。

「別反抗，安靜！」

「可是為什麼會……好痛，繩子綁得我痛死了。」

「放鬆，深呼吸放鬆身體，這樣會好過一些。」

紫苑照著做後，的確是好一點了。不過這手法也太厲害了，不過幾秒鐘就輕輕鬆鬆抓住他們……啊，可是……

「比不上你。」

「什麼？」

「你更厲害，不論是用繩索或小刀。」

「謝啦，這麼誇獎我。能得到你的讚美，真是無上的光榮。」

「我總是非常佩服你……呃！」

脖子被繩子纏上，無法呼吸。

「不准講話！」

耳邊傳來沒有抑揚頓挫的聲音。

是那個男人吧？頭髮、皮膚、瞳孔都是灰色的男人。

「你再廢話，我就讓你永遠也講不出話來。」

繩子拉得更緊了，感覺喉嚨真的要被鎖住，氣管都壓扁了。脖子以上的部分似乎急速膨脹，無法呼吸，好痛苦啊！

「你夠了吧！」

老鼠平靜地說。雖然平靜，但是卻帶有壓力。

「剛才的報復嗎？欺凌無法抵抗的人洩憤。好久不見了，沒想到你學會這種卑劣的手段，毒蠍。」

脖子上的繩子鬆了，紫苑剎那間腦筋一片空白，只是趴在地上猛烈地咳嗽。同時聽到如同掉在地面上一般的拍打肉聲。

他撐起身體。

老鼠倒在旁邊。

男人的腳踹著老鼠的肩膀。他的腳上穿著以類似樹皮的東西所細編的涼鞋。

「你也一樣，老鼠。」

男人的口吻更加嚴厲了起來。

「別企圖回嘴，你還沒搞清楚自己的立場嗎？那麼就由我來告訴你。」

男人舉起腳又踹上老鼠的肩膀。

「你們是從外面入侵進來，就算被殺也是理所當然！」

「住手！」

紫苑扭動身體大叫。老鼠抬起頭搖了搖，彷彿要紫苑安靜。

怎麼安靜得下來！

「卑鄙，老鼠說得沒錯，你把我們綁起來，讓我們無法抵抗，然後才來欺凌我們，簡直就是人渣！」

「紫苑。」
老鼠的臉都扭曲了，有幾道血痕從太陽穴往臉頰滑落。
紫苑非常生氣地抬頭看著男人說：
「這裡是什麼地方？跟NO.6還不是一樣。」
「你說跟NO.6一樣？」
男人氣得全身發抖，灰色的眼睛裡發出銳利的光芒。那是接近殺意的光芒。
然而紫苑還是無法不說，他同樣全身顫抖，不過不是因為恐懼，而是憤怒。憤怒在他的心中翻騰。
「沒錯，還不是一樣！你做的事情跟NO.6根本沒兩樣。以暴力壓制弱小的對象，殘忍地施暴。哪裡有不一樣！」
「我可不弱哦！」手被綁在背後的老鼠聳聳肩這麼說：
「紫苑，你想說的我明白了，就別再說下去了，你再說下去可是會被踢死的喔！這位大叔踹人的功力可是一流的。」
「我要殺了你。」
男人呻吟著說。

「你是魔鬼，邪惡的魔鬼，現在不收拾你，將來必成大患。」
「毒蠍，你太有慧眼了。」
老鼠故意地嘆了一口氣。
「說得一點也沒錯，他的確是個災難，而且還是最要命的那種。」
「老鼠，你說災難……指的是我？」
「就是你啊！」
老鼠嘻嘻嘻地發出愉快的笑聲。
「我看得到他的邪惡。惡魔附身，帶來災難的使者。老鼠，你說過這傢伙是NO.6居民吧？」
「正確來說是前居民，不久前他還是住在那個都市內部的人。」
「所以才會如此邪惡嗎？不……這傢伙……根本就是NO.6的化身。」
老鼠眯起眼睛，用舌尖舔了舔嘴唇上的血。
「NO.6的化身……原來如此，看在你眼裡是這個樣子。」
「我知道，我看得出來！這傢伙一定要死，現在一定要收拾，否則的話……」

男人往前跨出一步，紫苑不由自主地往後縮。男人身上散發出一股殺意，讓人想逃。

他是來真的……

這個男人真的想殺我。

企圖再往前一步的男人栽了個觔斗，跌倒在地。他被老鼠的腳絆倒了。

老鼠跳了起來，繩子從身上滑落，彷彿變魔術一樣。他的手上握著一把小刀。

男人想要站起來，老鼠的膝蓋卻用力地撞進他的腹部。男人悶聲呻吟，因為疼痛而往後仰，無防備的脖子被架上了一把刀。

「我千辛萬苦才把他帶到這裡，這麼簡簡單單就被你收拾掉，那可不妙。」

「為什麼……為什麼要把這種災難……帶來這裡？你想要毀滅我們嗎？」

「相反。」

老鼠淡淡地說：

「我要毀了NO.6，所以我帶他來。」

「毀了NO.6？這傢伙有這個能耐？」

「不知道，沒試過誰也無法下定論，但是在嘗試之前可不能讓你殺了他。而且，你不覺得嫉妒他也太難看了嗎？」

「嫉妒？」

「沒錯，你嫉妒紫苑。自己的溝鼠輕而易舉地就被收服，你很嫉妒。我沒說錯吧？」

傳來咬牙的沉重聲響。男人咬牙切齒地說：

「老鼠……你還是這麼討人厭，噁心到讓人想吐，我看就先勒死你吧！」

「真美好的約定，我會期待的。不過在那之前，我要請你……」

老鼠嘴角上的微笑不見了。從下巴滴下的血珠落在男人的胸膛，染紅了衣服。

「發個誓吧！毒蠍，說你今後不動紫苑。」

小刀的刀刃動了動，男人的喉嚨也動了動。

「發誓！」

男人頑固地沉默不語。

「到此為止吧。」

傳來穩重的聲音，還帶著淡淡的笑意。

「你還是這樣，老鼠，操小刀的手腕跟諷刺的口吻一點也沒變，不，是越來越厲害了。」

坐在轎子上的老人跟他的聲音一樣，帶著穩重的笑容。他坐的轎子靜靜地被放了下來。

「老。」

「你長大了，我都快不認得你了，沒想到我會看到長大以後的你。」

老鼠放開男人，跪了下來。小刀一轉，消失在手中，這次也彷彿魔術表演一樣。男人喃喃自語地說了些什麼，再度咬牙切齒。溝鼠從紫苑的膝上跑過。

「我一直以為你在很久以前就已經消失在遙遠的彼方，我不是這麼命令過你嗎？我要你離開這裡，忘記所有，捨棄一切，自由地過日子，不是嗎？」

「老，請聽我說。」

「你不該回到這裡，不管有什麼事也不該回到這裡。」

「我根本無法自由！」

老鼠用力地握緊拳頭。

「只要ＮＯ．６還在這裡，我就不會自由，不可能忘記，也無法捨棄。」

「老鼠。」

「這點你應該也很清楚。NO.6存在著，至今仍存在著，我如何獨自活得自由？這是不可能的事。」

「我記得要求過你不要在乎，我要你不要在乎地活下去。不這樣的話，你根本無法活下去。這點我很清楚，所以我放你到外界去，沒想到你居然回來了。」

「因為我發現了。」

「發現什麼？」

「我發現你說的全都是謊話。」

空氣出現騷動。從四處的岩壁中俯瞰著他們的人群開始以不成聲的音量竊竊私語著。

「你說的全都是謊話，騙人的。我根本無法不在乎地活下去，不，應該說我必須在乎。就算假裝獲得自由來欺騙自己，結果還不是心繫著。我要靠自己的力量獲得真正的自由，我要自己解放自己。為此，我回到這裡來了。」

「你所說的自由就是跟NO.6對抗嗎？」

「我要對抗，而且獲勝，讓它從這塊土地上消失，一絲不留。看到神聖都市的末日，我才能真正獲得自由，活得自由，可以在自己的意識下……離開這裡。」

「老鼠！」

紫苑不自主地叫了出口。他邊叫，邊抓住老鼠的肩膀。

「那是什麼意思？離開？什麼意思……」

「紫苑。」

老鼠不斷地眨著眼睛。

「你怎麼……解開繩子的？」

「啊？」

「繩子，你怎麼解開的？你身上應該沒帶小刀。」

「啊？你說繩子啊，溝鼠們幫我咬斷了。」

「溝鼠？怎麼可能？」

紫苑拿出繩子的前端，在老鼠面前晃了晃。

「你看這裡，大家一起幫我咬斷的，一下子就咬斷了，很厲害吧？」

瞄了眼咬得亂七八糟的繩子，老鼠皺起眉頭說：

「你連溝鼠都叫得動？」

「我？怎麼可能，我哪有那個本事，是老鼠們自己幫我的，牠們都很親切又聰明。」

「親切又聰明……嗎？看來真的是你的溝鼠咬斷了主人綁的繩子。的確是親切又聰明，你的家教真好，毒蠍。」

男人，叫做「毒蠍」的灰色男人只是微微動搖了一下，什麼都沒說。倒是老人嘆了口氣說：

「別再諷刺了，老鼠，這是你的壞習慣，人雖然長大了，壞習慣似乎並沒有改，真是傷腦筋。」

老人的口吻裡帶著溫暖，彷彿一個父親苦笑地看著兒子的所作所為。溫暖來自疼愛，這個人疼愛老鼠。

紫苑盯著轎子上的老人看。這是第一次，第一次遇見對老鼠表現穩重又溫和的人。

老鼠總是孤單一個人。

孤獨地活著，身邊沒有任何一個人，沒有人願意靠近他。

紫苑以自己的方式渴望著老鼠，也深深為他的強韌、溫柔、美好所著迷，甚至希望能待在他的身邊。自己的內心有這樣的想法是無可動搖的事實，只是對於不知道如何定位這種想法而深感困惑也是事實。

嚮往、友情、尊敬、愛情……心裡很困惑。

可是，轎子上的老人傳達出來的，的確是慈愛，就像父親疼愛兒子的這種感情。沒想到還有這樣的一個人也關心著老鼠。

「紫苑。」

老人呼喚。

「是。」

「到這裡來。」

「是。」

「等一下。」

毒蠍站出來抓住紫苑的手。

「老，這傢伙太危險了，身上帶著邪惡，不能靠近他。」

「邪惡……這個少年嗎？」

「他不是少年，是惡魔。這傢伙會毀滅一切，我看得出來，為什麼你看不出來？」

被說成這樣怎麼可能還不生氣……紫苑企圖掙脫被抓住的手，然而毒蠍的手不但文風不動，甚至更加用力地扣住紫苑。

「沒關係，紫苑，到這裡來。」

「老！」

「沒關係。善與惡、純潔與邪惡、真與假，都在一線之間，相似到甚至難以分辨。對吧，老鼠？」

「的確。」

「他是你帶來的少年，應該不只是邪惡，也帶有純潔吧？好了，紫苑，過來這裡。」

毒蠍放開手，一邊低聲謾罵，一邊往後退了幾步，灰色的身體與黑暗融為一體。

紫苑慢慢地走到轎子前面。有幾隻老鼠在腳邊跑來跑去。

老人有一雙黑色的明亮眼睛，這時正炯炯有神地直盯著紫苑。

這個人……

應該出人意料地年輕，紫苑覺得。他說大家都稱他為「老」，再加上鬢角有些白髮，所以直覺以為他是個老人。只是一個老人不會有如此有力的眼睛。

老人抬起手。那是一隻瘦弱蒼白的手。

「頭。」

「什麼？」

「我能摸摸你的頭髮嗎？這顏色還真特別。」

紫苑彎腰、低頭。老人的手如同畫圈圈一般的撫摸紫苑的頭髮。有點癢，感覺好像被摸頭，讓他有點不好意思。

「為什麼？」

老人的聲音多了些重量，語末聽起來有點沙啞。剛才的溫和已經不見，語調裡充滿著緊張。

「你的頭髮為什麼會變成這樣……」

「不光是頭髮。」

老鼠跨大步走了過來。

「紫苑，讓他看你的那條紅蛇。」

「啊？不要！」

「為什麼？」

「因為要脫衣服，我不要在這麼多人面前裸體。」

「笨蛋！」老鼠咋舌。

「你是哪國來的公主啊？現在沒時間讓你扭扭捏捏了。快點！讓他看你身上背負的東西。」

老鼠動手要幫紫苑脫衣，嚇得紫苑急忙後退。

「好啦，我自己脫，一件襯衫我自己還脫得了。」

「那還真厲害，你好棒。」

老鼠的眼睛並不像他說出來的話一樣輕浮，眼眸緊繃且銳利。紫苑脫下襯衫，往老人靠近半步。

老人倒抽一口氣。顫抖的指尖撫摸著紫苑胸前浮現的紅色帶狀痕跡。

「這個是……這個痕跡……」

老鼠彷彿催促似的，用下巴示意。

可以說嗎？

「為什麼會有這個痕跡……不，不可能……」

「是寄生蜂留下的。」

「寄生蜂。」

「寄生在人類身上的蜂，最後會殺掉宿主羽化。我……得救了，後果是這個痕跡跟掉色的頭髮。」

老人的嘴扭曲著，布滿皺紋的眼睛裡閃耀著異樣的光芒。老鼠用力抓著紫苑的肩膀。

「老，NO.6會瓦解。不光是來自外面的力量會讓它瓦解，內部的力量應該也會助上一臂之力。前兆就是這個！」

「以人類為宿主的寄生蜂……原來如此……已經出現在都市內部了嗎？」

「沒錯，應該是偶發的，這件事情也出乎掌控NO.6那些人的意料之外。已經有幾名市民離奇死亡。市當局並無法完全防治，看起來也沒有盡力想要防治的模樣。也許他們並沒有掌握到事情的嚴重性，因而輕忽了。」

「輕忽……」

「認為這個世界會照自己的想法去運轉的輕忽，或者自認為可以成為萬能的統治者……被那樣的事情迷惑，看不見現實真正的模樣，已經喪失了洞察的視力。」

老鼠的聲音低沉，彷彿擦過地面，卻也鮮明地送進聽者的耳裡。黑暗中，只有低沉鮮明的聲音迴盪著。

「市內還很平靜，還保持著平常的寧靜。但是那就像杯子裡注滿了水，隨時都可能滿出來。只是勉強保持著平靜罷了。」

「只要給點小小的刺激，水就會滿出來……是嗎？」

「潰堤。我要破壞杯子，讓水流出來。」

老人輕聲地喃喃自語些什麼，然後如同祈禱般十指交握。

「說給我聽吧……從頭到尾都告訴我。」

閃亮的眼眸鎖住紫苑。

2 是誰送終？

是誰殺了知更鳥？
是我，麻雀說。
我用我的弓跟箭，
射殺了知更鳥。
是誰替牠送終？
是我，蜻蜓說。
我睜著一隻眼睛，
看著知更鳥死去。
（鵝媽媽童謠集）

男人仔細地盯著借狗人遞給他的金幣。

「是真的。」

借狗人對著男人清瘦、戽斗的側臉喃喃地說。為了儘可能聽起來嚴肅，他壓低了聲量。

「真的……金幣嗎？」

男人嚥了一口口水。

「你就慢慢看，看到你滿意吧！不過它看起來就是真的吧？」

「是、是啊……是真的。」

「是你的了。」

借狗人飛快地丟下這句話。男人顫抖著嘴說：

「我的？」

「對，你的，送給你。」

「啊？呃……可是為什麼給我一枚金幣這麼多錢？」

「當然，不是平白無故送你，我可不是多金的慈善家。這是工作報酬，接受嗎？」

「工作？」

男人的視線從金幣移向借狗人。一雙類似膽怯小動物的圓圓眼睛，正劃過一抹猜疑的色彩。

就是此時！

借狗人握緊拳頭。

接下來是關鍵，不能讓這個男人有思考的空間，不能讓他有多餘的疑慮。得拿金幣誘惑他。金幣耶！金幣，可不是隨隨便便就能看到的東西。再說，這傢伙現在需要錢……不過除了將死之人，應該沒有人不愛錢吧？

拿出對方最想要的東西，憑著三寸不爛之舌，讓對方無路可退。周密且巧妙地，只要模仿老鼠的作法就可以了。想到自己也是被他唬得一愣一愣的，回想起來還真是敗給了自己。

呵！

好像聽見老鼠的笑聲，腦海裡甚至浮現老鼠獨特的那種諷刺的笑容。

看你學得很好嘛，乖孩子，事成之後再好好獎賞你。

不必了，老鼠，我可不是為了幫你才這麼做，我是為了金塊，為了得到金塊才冒險一搏。

借狗人搖搖頭，甩開腦海中的幻影。

別隨便出現在我眼前啦，你這個混蛋傢伙！

「工作……什麼意思？」

「工作就是工作啊！我要委託你工作，代價是一枚金幣。」

借狗人折了折手指。男人眨眨眼，眼中的猜疑神色更濃了。

這個男人叫月藥，在監獄裡做清潔管理的工作，跟借狗人很熟。借狗人向月藥購買監獄內部的垃圾、剩飯，已經有好長一段時間了。當然這是黑市交易，見不得光的。借狗人三天一次從月藥手中收取一部分的剩飯與廢棄物，然後給予相當的金額。多半是幾枚銅幣，除非是很不錯的東西才會給一枚銀幣。

雖然相識很久，不過這可能是兩人交談最長的一次。每次見面總是一、兩句「只有這些了」、「謝謝，這是貨款」、「好」這種稱不上是談話的對話而已，兩人甚至沒對看過一眼。一直以來都是這樣……

月藥負責管理、焚燒監獄的廢棄物以及操控監獄內的清掃機器人。他一整天都獨自待在緊鄰垃圾收集場與焚燒爐旁的小房間裡。

「待在這裡只能沉默，不會遇到任何人，也不用跟誰講話，非常孤獨。有時候我甚至不知道自己是人還是機械。」

不知道何時，月藥曾罕見地抱怨了一堆。借狗人當時只是隨意應了他兩聲。點著頭對他說，那真是令人難過啊，但是心裡卻很不以為然。

少無病呻吟了！

剩飯及垃圾清掃管理室是監獄裡面的最末端，監獄裡的所有垃圾全都集中在這裡。那些東西的分類、運送到焚化爐、調整焚燒的溫度、整理焚燒後灰燼等事，全都是機械的工作，幾乎全工程都已經自動化了。月藥的工作是機械的管理與調整而已，一個人就已足夠。的確，沒有說話對象的職場是很孤獨，但是那又如何？一整天不說話又不會死人。

你要不要試試？過一下那種肚子好餓好餓，一整天卻只能想著食物，只能舔著路邊小石頭止餓的生活。孤獨？那種東西是能吃飽肚子的好命人，為了賦新詞強說愁的奢侈玩具吧！

不過，借狗人也只是在心裡不以為然而已，嘴上還是表示難過，展現虛假的同情。月藥是重要的交易對象，沒必要讓他覺得不舒服。

從分類、焚燒到焚化爐的清掃全都是全自動，然而在分類的前一個步驟卻需要人工。將垃圾從收集場移往輸送帶的工作，不知道為什麼，只有這個工程沒有自動化。月藥必須親自操控小型挖土機，將垃圾移往輸送帶，有時候還要使用鏟子這種老舊的工具去挖。這時候他會迅速地將廚餘以及還能穿的衣服等分類、藏起來，然後賣給借狗人。借狗人再將買到的商品轉賣給西區的餐飲店、二手衣店，從中賺取報酬。

就借狗人而言，自動化的第一個步驟需要人工，那可說是上天的恩賜，真是幸運，因為這樣他才有生意可做。

月藥的工作場所裡沒有監視錄影器，也沒有警報系統。如果出現異常，必須由月藥自己按機器最旁邊的急救按鈕。

「就算按了，我想也不會有人來救援。」

他曾聽見月藥看著紅色的按鈕，這麼喃喃自語過。

監獄裡的職員一般由接送巴士從一般入口送往各區，但是聽說只有月藥獨自被塞進舊式小型汽車裡。

「受到這樣的待遇，自己都覺得難堪，該說是覺得自尊都被磨滅了吧……」

這也算是一種抱怨吧？最近月藥抱怨的次數越來越多了。

自尊？哈？孤獨之後講自尊？又多了一個奢侈的玩具，拿出來炫耀罷了。真是的，能不能講些讓我可以填飽肚子的話啊？

借狗人還是在心裡咒罵。

月藥的孤獨跟自尊根本無所謂，重要的是這裡是遍布監獄內部的監視網中，唯一的漏洞，是西區跟NO.6之間唯一沒有遮蔽牆，可以直接接觸的地方。老鼠會看上這個地方也是理所當然的吧！

只是，從這裡無法進入監獄內部。通往內部的走廊上有兩道門，從月藥這一邊不可能開得了門。

設計這棟堅固監獄的人，費盡心思要讓這裡成為不論入侵或是逃脫都難如登天的監牢，所以沒有餘力連垃圾處理系統都細心地納入考慮之中嗎？不，一定是一開始就不把負責清掃作業的人看在眼裡，甚至連管理監獄的治安局裡，也不會有任何一位職員會想到月藥的工作場所。就算工作中出現意外，月藥受了瀕臨死亡的重傷，監獄內部也不會開門，當然急救人員更是不可能出現吧……門不會打開，也不會有人來救月藥。

想到這裡，借狗人覺得有點不可思議。

住在下城的月藥只是準市民。雖然如此，他還是神聖都市內部的人。也許貧窮，但是不會知道飢餓的恐懼、寒冷的痛苦，好命到能感嘆孤獨。對借狗人等西區的居民而言，簡直就像活在天堂裡。

從彼此僅有的交談中，借狗人可以察覺月藥是一個善良、溫和的人。但連這樣的月藥有時候看借狗人這個西區的居民時，眼中還是會參雜著輕視與優越感。

我比這傢伙高等。

我不會挨餓。

我在嚴冬裡不會受凍。

我是NO.6的居民。

所以我比這傢伙高等。

真可笑！

人替人分等級。應該是被輕視、看不起的人也會輕視、看不起別人。這不是受制於社會結構的強制，而是人本身在自己的心中排列等級。

被NO.6高層視為比機械還要下等，感嘆、抱怨自己被如此對待的月藥，對在西區一角生活的借狗人展示優越感、輕視他。

真是可笑，而且不可思議。

借狗人有時候會覺得人類這種生物比狗還要愚蠢。狗社會也有等級，不過靠的是狗自身的能力，不會以血統、皮毛、出生的場所來決定優劣。

連狗都不做的事情，人類卻做得理所當然。人類為什麼會如此無聊呢？

我們都一樣。

突然響起這個聲音，在耳朵深處微微響起。那不是老鼠的聲音，老鼠的聲音明亮，卻不會如此柔軟。

紫苑……

頂著一頭白髮的怪異小子，而且還是逃亡中的一級罪犯。一級罪犯耶！可不是想當就能當成的，太佩服了！不過個性卻是超級天真……真搞不懂他在想什麼，總之就是個怪異的小子。

他說過：

「我們都是一樣的人，借狗人。」

我問：

「你跟我是一樣的人？」

「對。」

NO.6的居民跟我們也是一樣的人？

他毫不猶豫地給我一個明快的答案：

「對。」

紫苑，真的是一個怪異的小子。

紫苑，在你的心中沒有等級嗎？你絕對不會在人與人之間畫下一條線嗎？不會因為輕視、瞧不起某個人而得到優越感嗎？

紫苑，我們真的是同等級的人嗎？

「你說的工作……是什麼？」

沙啞的聲音問。正在思考的腦袋無法立即反應。

「啊？」

「這枚金幣的工作……要我做什麼？」

「啊，你是問這個啊，就是……」

哎唷，還真容易上鉤！看來這位大叔很需要錢。

「先說好，危險的工作我不做。春天我就要多一個孩子了，今後我得要好好賺錢才行，危及生命的工作我絕對不做。」

好、好！原來如此，不想遇到危險，但是卻渴望賺錢。原來是這麼一回事。

借狗人瞇起眼睛，慢慢地露出微笑。這個微笑也是向老鼠學的，要引誘對方踏入陷阱之時，要露出溫柔的微笑，儘可能燦爛到讓對方屏息。

要做到那樣是不可能的，我又不是演員，沒有像老鼠那樣可以隨意誆騙別人的演技。

反正就是露出微笑。然後……然後要怎麼做，老鼠？

心跳劇烈，震動著胸肌，發出怦、怦的聲音。緊握的手心已經流滿了汗，背部也有汗水濕透的感覺。喉嚨好渴，舌頭都黏住了。

借狗人發現自己非常緊張。

不管用什麼方法都一定要拉攏這個人，必須讓他照著計畫去做，一定要！要是失敗了，老鼠跟紫苑能夠活著回來的路就會完全封閉，再也見不到他們了。

原本就是一場魯莽的賭注，要從監獄逃脫出來，根本連百分之一的可能都沒有。那兩個人居然賭上了，真是白痴，沒有人比他們更愚蠢了。愚蠢之人理所當然遭到毀滅，是自作自受。

我知道，我懂，可是我還是……

我還是希望他們能夠回來，想要再見到他們。當然，金塊也是目的。黃金山讓人眼睛發亮，但是，我想見他們。老鼠愛諷刺的語調與笑聲、紫苑木訥的口吻，我都想親耳再聽一次。

「哎唷，回來了啊。」

「回來了啊，我不是說一定會回來嗎？我從不承諾做不到的事。」

「呿！裝什麼帥，又得聽你喋喋不休了，真是的，煩死人了。」

「借狗人，抱歉讓你擔心了。」

「擔心？紫苑，你在講什麼夢話啊？我根本一點都……」

「你很擔心我吧？」

「笨蛋！」

我想要跟他們這麼對話，好想……

我……我真心祈禱……祈禱他們能活下來，活著回來……

我不跟神明祈禱，絕不求助祂；我向自己祈禱，求助我自己。我能做得到的事情，我會盡力去做，絕不放棄……我選擇相信你們。

祈禱就是這麼一回事吧？老鼠。

借狗人的微笑，讓月藥謹慎了起來。

果然無法像老鼠做得那麼巧妙，大概什麼地方看起來生硬吧……因此反而讓月藥有了戒心。

故意咳了一聲後，借狗人收起微笑。

「那我可要跟你說聲恭喜了。請放心，我不會說金幣換你一條命這種蠢話。這件工作很簡單，非常簡單，但是只有你能做得到，所以有一枚金幣的價值。」

「工作簡單卻能得到一枚金幣？」

「我就說除了你，別人辦不到啊，所以我只能來拜託你。真的，只有你辦得到，你一定能做得到。」

月藥的表情稍微緩和了下來。

只有你辦得到。

你一定能做得到。

借狗人搔弄著月藥的自尊心，用話慢慢地撫慰他的自尊心，長期以來一直被傷害的自尊心，現在一定覺得很舒服吧。

「拜託你幫幫我，月藥先生。」

「你先把話說清楚……究竟要我做什麼？」

「想請你讓清掃機器人失控。」

「啊？」

「你在這裡不只處理垃圾，還管理監獄內的清掃機器人，對吧？」

「啊……是啊，不過說是管理，也只是按下在監獄內待機的清掃機器人的控制鈕而已，之後機器人會自己啟動，自動開始清掃，我只需要每個月替它們檢修一次。」

「下次的檢修日是什麼時候？」

「一個禮拜後。」

「能不能改成明天？」

「明天？明天可是『神聖節』耶！」

「噢，是啊，是NO.6的節日。」

「節、節日，幾乎所有人都放假……我也……」

「你沒有放假，不是嗎？我記得你以前說過，一個月只有三天假，連『神聖節』都不能放假。我記得你跟我抱怨過，不是嗎？」

「那、那是……可是……」

「這並不困難吧？編個理由，譬如說覺得機器人的動作有點奇怪之類的，把檢修日提前一周，不過如此而已呀！」

「可這種事……」

「做得到吧？不是有前例嗎？」

紫苑說過：

「其實清掃機器人被要求的複雜動作，超過一般人的想像。不過像我操控的一坊他們（這時借狗人忍不住問一坊是什麼。當他聽到是機器人的名字時，非常受不了。聽說是紫苑死掉的同事取的名字。三台機器人分別叫一坊、二坊、三坊。哈？天真到讓人無法置信的傢伙。不過，這個單純的傢伙不僅給小老鼠取名字，連機器人都取上名字，叫得那麼親切，真是太好笑了。）負責清掃公園，也許只需要比較簡單的動作就可以了，因為不用仔細分類垃圾。可是負責在建築物裡面，特別是非家庭，而是在集合各種領域的職場清掃的話，就不能只會單一的動作。各領域製造出來的垃圾跟骯髒的情況都不一樣，所以需要非常精密的構造。」

「也就是說，需要精密的檢修囉？並不是沒有故障。」

這應該是老鼠說的吧。紫苑謹慎地點頭回答說：

「就我的經驗而言，應該會出現很多小問題，譬如分類功能降低、動作遲緩之類。」

「原來如此。」

老鼠那傢伙帶著淡淡的笑容，瞄了我一眼。

討人厭的眼神，似乎別有涵義又有所算計。每次那傢伙一露出那種眼神，總沒好事。我急忙錯開眼神，不過已經太晚了。

當時我並不明白那個眼神的意義，不過現在我可搞清楚了。

借狗人，該是你上場的時候了，這可是很重要的角色哦，你可要好好演。

我知道啦，你就看著吧，老鼠。像你那種笨拙的演技根本不夠看，我一定會展現我高超的演技。

「我聽說清掃機器人故障的機率很高，不是嗎？」

月藥皺起眉頭，看起來很不情願地回答說：

「也不能算很高啦。」

「把檢修提前，如何？不會不自然，對吧？」

「是不會，也不是不能提前。」

借狗人差點笑出來。

這位大叔還真老實。

明明牽制著借狗人，卻不知不覺一板一眼地回答問題，原來月藥是這樣的人，真有趣。

現在不是能笑的時候，也沒有笑的閒情，想到這兒，借狗人收起嘴角的笑容。就算利用對方認真、一板一眼的個性，也必須拉攏他。

「不是不能，就是可以，對吧？月藥先生。」

「將檢修的日期提早……是可以，但是，你說要讓機器人失控是什麼意思？」

「字面上的意思。我希望你能動個手腳，讓機器人做出跟清掃完全相反的事情。」

「相反的事情？」

「把垃圾吐出來，把囤積在肚子裡的垃圾全部吐出來。我希望你把這個放進那些垃圾裡。」

借狗人拿出放有小膠囊的瓶子出來。

「這是？」

「這並不是危險物品，請安心，它只會發出一點惡臭而已，而且也不是很臭的味道。這個膠囊一接觸到空氣就會慢慢地溶解，是慢慢的。」

「為什麼要將這種東西放進垃圾裡，而且還要讓機器人吐出來？」

「只是惡作劇。」

借狗人聳聳肩，呵呵呵地笑了笑。一點都不好笑，因為太緊張，他已經全身是汗，根本笑不出來。

但是他還是要笑，展現出突然想要惡作劇的小孩會有的笑臉給月藥看。月藥並沒有笑，一臉完全不相信借狗人的表情。

真是的，疑心病真重的傢伙，看來是非常膽小。

「要是機器人到處散布垃圾跟惡臭的話，可是會引起大騷動，沒錯吧？」

月藥點頭。手還緊緊地握著金幣。

「一定會引起大騷動。監獄內部除了犯人之外，其他人都待在舒適、整潔的辦公室裡工作，絕對沒有看過髒東西，不，我看連垃圾都沒摸過吧……」

「對吧？誰都不認為你的工作有多辛苦又多重要，所以給點惡作劇囉！清掃機器人失控，到處散布垃圾。這麼一來，裡面的傢伙就會大騷動，首先……」

「命令我關掉機器人。」

「沒錯，你關掉機器人。然後……然後應該會被叫到建築物裡面去吧？」

「為了修理機器人？嗯，有可能吧。」

「還有善後，他們會命令你清掃垃圾，因為沒有其他傢伙會清掃工作。你被叫去之後，就會打開了。」

「打開什麼？」

「門啊！從你這邊絕對不會打開的那道門會被打開，你會拿著舊式的清掃工具穿過那道門。那個時候，這個膠囊會開始溶解，四處開始瀰漫著惡臭。如果沒有溶解的話，請用腳踩，也許這樣的效果會更好。嗯……啊！不過你不用擔心，我剛才也說過了，這不是很臭的味道，就算臭氣感應器感應到，也只是危險度0的程度而已。我的鼻子已經習慣了，也許根本不覺得臭，不過那些高等的人可就難受了，騷動會更大。你要假裝急忙收拾垃圾的樣子。」

重點來了。

借狗人壓低聲量，在月藥的耳邊喃喃地說著。

一句、兩句。

月藥的身體僵硬了起來。嘴巴半開，露出堅硬的白色牙齒。

「這……這種事情怎麼可能做得到！」

「為什麼？很簡單啊，比你在這裡用鏟子還簡單好幾倍呢！」

「要是被發現了怎麼辦？我會被解雇……不，可能不是解雇就能解決的問題，我會被治安局逮捕……啊啊！別說了，恐怖到我雞皮疙瘩都起來了。抱歉，我不能答應，你回去吧……借狗人，這個還你。」

月藥遞出金幣。那是真的金幣，發出黯淡的光芒。

借狗人翹起嘴唇，露出笑容。感覺比剛才笑得漂亮些。

「還我嗎？原來如此，你沒有欲望。」

「命比欲望重要。」

借狗人將自己褐色的手輕輕搭上月藥的手心。

「啊……」

月藥倒抽了口氣。

手心上的金幣變成兩枚。

「喂，借狗人，我……」

「再一枚。」

第三枚金幣放了上去。

「為什麼？為什麼你要出這麼多錢……」

「因為我拜託的工作有這個價值。如果成功的話，我會再給你三枚金幣當作報酬。」

「借狗人，你究竟想做什麼？不是單純的惡作劇，對吧？不可能是惡作劇。而且，你哪來這麼多錢？」

「好問題。你究竟要接下我的工作還是拒絕？不，我想你非接不可吧……」

「為、為什麼?!我拒絕！我不幹！」

「你非接不可。你將內部情報賣給了我，不是嗎？你忘了嗎？」

借狗人舔了舔乾燥粗糙的下唇，胸口的悸動已經停止。他看著月藥越來越沒有血色的臉，笑得更開心了。

沒問題的，我很冷靜，我不會因為焦急而犯下搞砸最後一擊的這種蠢事。我可以的。

「之前你不是告訴過我監獄內部的電力系統配置嗎？」

「那是……可是那只是我所知的範圍內的概要而已。」

「但是你還是告訴了我，不，是賣給了我。我記得當時是給你兩枚銀幣吧？你將職場的情報以兩枚銀幣的代價賣給了我，要是這件事公諸於世，那才是解雇也無法解決的問題……」

「我、我需要錢。內人生病了，需要看醫生。」

「是啊，你是個很顧家的人，但是你覺得這樣的理由能被市當局接受？『為了養家，我以兩枚銀幣的價格把情報賣給西區的居民，真的很抱歉。』你這麼對治安局的人自白看看啊！你覺得他們會安慰你說：『這樣啊，你辛苦了』嗎？怎麼可能，又不是天方夜譚！我想你應該也很清楚自己的立場還有治安局的恐怖。好怕喔！光想就讓我雞皮疙瘩都起來了。」

借狗人搓了搓自己光溜溜的手臂。月藥的臉色更加蒼白，面無表情，彷彿畫在紙上的失敗人物畫像。

「你、你在威脅我？」

「我只是把現實分析給你聽而已啊，而且不收費。」

月藥呻吟。借狗人輕輕地拍拍他的肩膀說：

「沒事的，不會危害到你，我保證！你想想，一直以來你都很認真工作，也是登記有案的市民，誰會懷疑到你身上去？不會有人的。因為沒人會注意你，也沒人會去看你。」

「但是，監視錄影機……」

「要是你出現不自然的動作，當然會被發現。不過只要你像平常一樣的話，要騙過錄影機是輕而易舉的事。機械能送出鮮明的影像，卻無法照出人心。不論如何，反正你已經一腳踏進來了。」

借狗人再遞出一枚金幣。

「你會幫我吧，月藥先生？」

「呃……只有一次哦，我只幫一次。」

「感謝。那麼，明天見。就約你下班時間。」

「好……剩下的金幣你真的會給我吧？」
「狗跟人不一樣，狗不會說謊，約定好的事情一定會做到。」
「但是……咦？」
「幹嘛啦！」
「你有沒有聽到嬰兒哭聲？」
「嬰兒？我什麼也沒聽到。」
「我的確聽到了啊……」
「你聽錯了吧！你小孩快出生了，所以才會把風聲聽成嬰兒哭聲啦！不過，說的也是，孩子出生後就更需要錢了。要買溫暖的睡床，營養足夠的牛奶也不能少。」
月藥動了動嘴巴，似乎想說什麼，但是最後他不發一語地關上清掃管理室的門。
當房間裡露出來的光被遮蔽後，四周陷入深沉的漆黑之中。冰冷的夜風從腳邊掠過。
呼……
借狗人大大地呼了一口氣。在這麼天寒地凍的天氣裡卻滿身是汗，肩膀覺得沉重是因為肌肉緊繃的關係嗎？

呼……

再一次，這次是故意吐氣的。冷空氣竄入心底，掀起漣漪。

成功了嗎？

我成功地接續起他們的命脈了嗎？

不安……

月藥那個男人小心謹慎又善良，他會很困擾、很迷惘吧？他應該會一直到下手之前都猶豫不決，無法下定決心吧？

怎麼辦？怎麼做才好？做？不做？啊啊！究竟怎麼辦，怎麼辦才好？

月藥最後會下怎樣的決定呢？會不會按照原本的計畫進行呢？借狗人實在沒有信心。

人心如同纖細的樹枝一樣。

受不了風的吹拂而搖曳。

只能相信了。

不是月藥，是自己的運氣。腦海中浮現紫苑的臉，也浮現老鼠的側臉。

只能相信他們了。

借狗人加快在暗夜裡的腳步。載著剩飯的推車旁，有道黑色的影子在晃動著，發出嗚嗚的哽咽聲。

「別把他弄哭啦！」

借狗人大大地嘖了一聲後，又用力地皺起眉頭。

「你來當什麼保姆啊？好好顧著他啦！我不是叫你來弄哭他的，大叔。」

「我才想哭呢，真是的。」

抱著嬰兒的力河也嘖了一聲，眉頭大概也是皺起來的吧。雖然四周一片漆黑，什麼也看不到。

「喂，小紫苑，媽媽回來了喔，太好了。」

「誰是媽媽啊！」

「誰都好，反正不是我。還你。」

一個包裹著柔軟毯子的嬰兒遞了過來。毯子是力河弄來的東西。手中的嬰兒傳來重量與溫度。他好像長胖了些。

怎麼可能，想太多了。

從瓦礫堆裡撿回來的嬰兒吸著狗奶，揮動手腳，愛笑又愛哭。臉上有著愛動的大眼睛以及胖胖的臉頰。

「麻、麻……」

嬰兒對著借狗人伸出手，彷彿在找些什麼，又像是在尋求些什麼，也像是在呼喊著。

「你看，他不是叫你媽媽嗎？他想媽媽了。」

「只是因為你呼出來的氣息全都是酒臭味啦！哦，乖、乖……好可憐喔，很難受吧，小紫苑。」

「然後呢？」

「什麼？」

「順利嗎？」

「不知道，我盡力了，照著老鼠的指示都做了。」

力河哼了一聲說：

「伊夫嗎？真是的，怎麼會有這麼自大的小鬼，都已經被丟進監獄裡了，還事事下指令，他以為他是誰啊！」

「老鼠就是老鼠，不是任何人，而且他們不是被丟進入的，是自願穿過那道門。」
「地獄之門。」
「大叔。」
「幹嘛？」
「你覺得他們會回來嗎？」
「穿過地獄之門的傢伙嗎？不可能吧，如果沒有出現奇蹟的話，不可能。」
「奇蹟其實還滿容易出現的喔！以前老鼠說過。」
「伊夫是詐欺師，那傢伙講的話沒一句可以信。我……我呢，借狗人，我是真心希望紫苑能回來。」
「老鼠呢？」
「伊夫？隨便啦，一輩子看不到他我也不在乎，反而是如果能一輩子都看不到他，那就太高興了，我的人生也會因此光明一些。」
借狗人笑出聲音，讓力河非常不高興。真有趣。原因他明白，就是因為明白，所以更有趣。

「月夜。」

借狗人低聲叫。是小老鼠的名字，聽說這也是紫苑取的名字。哈姆雷特、克拉巴特、月夜……覺得好笑才記住的名字，沒想到卻因此讓他能夠區分每個，不，是每隻原本不過是很普通的小老鼠。

真的很可笑。

吱……

黑狗在一旁趴睡，牠的肚子底下爬出一隻同樣是黑色的小老鼠。

「去告訴你的主人，我照他指示的做了，明天傍晚全都會出動。」

吱……

「月夜，我會祈禱你的主人平安抵達。」

吱吱……

小老鼠的身影立刻混入黑暗中消失無蹤。

「那傢伙知道伊夫在哪裡？」

「應該吧。」

「牠聽得懂你說的話？」

「我想牠也聽得懂大叔的話，如果你沒喝醉酒的話，牠可以聽得懂。」

「為什麼？不過是一隻普通的老鼠呀……」

「不是普通的老鼠吧。普通的老鼠聽不懂人話，那些傢伙聰明得很，可以理解語言，聽得懂我們說的話，難怪老鼠很重視牠們。」

「為什麼不是普通的老鼠？」

「你問我，我問誰啊？」

「是機器鼠嗎？」

「不是，百分之百的生物。只是有智力而已啦，紫苑還唸書給小老鼠聽唷，唸的還是某某某古典文學哩。大叔，你沒唸過古典文學吧？」

「某某古典文學我是沒讀過啦，不過，為什麼老鼠有智力？」

「我就說我不知道了呀！那是老鼠養的，就算不是普通的老鼠，也沒什麼好奇怪。」

「當然奇怪。伊夫從哪裡弄來那些老鼠？」

「大叔。」

「幹嘛？」

「為什麼你那麼在乎？幹嘛？想抓那隻小老鼠來賺錢嗎？」

「怎麼可能，我才不會動伊夫的老鼠，就算牠嘴裡叼著金幣，我也敬謝不敏。」

雖然覺得力河不可能放過叼著金幣的老鼠，不過借狗人只是聳聳肩，不發一語。

理解人話的小老鼠們……

今天中午，那些小老鼠當中的其中一隻叼來一封信。是老鼠寫的，上面有用細字筆書寫的文字。

借狗人：我叫小老鼠在「真人狩獵」之後把這封信交給你，我信任我的小老鼠，牠一定會把這封信送到你手中。

沒有季節問候，也沒有形式上的前文，信的一開始就是非常冷淡的語調。連好好寫一封信也不會嗎？還是覺得對我不用那些客套的問候語？如果是這樣，這傢伙還真沒有禮貌。

收到老鼠的信讓他覺得很意外又很驚訝，因此一邊抱怨，一邊仔細閱讀。一邊看，一邊呻吟。

上面詳細寫著對留在西區的人的指示。看過信之後，借狗人這才終於明白老鼠那一眼似乎別有涵義又有所算計的眼神。

原來如此，原來是要我們這麼做。還真是一封有情有義的情書啊。
雖然這早就是事實，不過他還真是一個讓人無法置信的討厭傢伙。
借狗人用力吸了一口氣，他知道自己必須抉擇。是要揉掉信，假裝不知情，還是要按照老鼠的指示去做。
短暫猶豫的時間過去了。借狗人仔細地摺好信之後，再度嘆了一大口氣。
信上不只針對借狗人，也仔細地寫了力河該做的事情，不過力河很不以為然。
「明明是個小蘿蔔頭，居然敢指使我做這個做那個。可惡！就像被那隻個性惡劣的老鼠遠距離操控，讓人想到就氣。」
「那你要當作不知道？」
「很想啊，但是怎麼可能，這可是關係到紫苑的生命。」
「也關係到金塊山。」
「沒錯。」
感情與欲望，有了這兩個元素，幾乎叫得動所有人類。力河嘮嘮叨叨地發著牢騷，非常不滿的樣子，但是做事情的動作卻很迅速，馬上就買來幾個超小型炸彈，應該是很早以前就開始準備了吧……

雖然嘟囔著說花了多餘的錢，但是能得到金塊的話，這筆錢花得太值得了。借狗人跟力河都完成了一半老鼠指示的事。剩下一半，重要的事情還在後頭。

「月夜牠們的確是我們的好幫手，這點毋庸置疑。現在知道這一點不就夠了？」

借狗人說出真心話。不論是人類、是狗、是老鼠，只要不是敵人，都該心存感激。覺得不可思議啦，覺得奇怪啦，等有餘力時再來想這些事吧……老鼠是個來歷不明的傢伙，這件事你不是老早就知道了嗎，大叔。

「呵呵、呵呵、呵呵……」

小紫苑發出愉悅的聲音。

「祝福我們吧！小紫苑。」

滿天星空下，借狗人將他小小的身體舉高。

「祝福我們吧！祝福我們的現在與我們的未來。」

「吧……吧……」

小紫苑突然從破布中伸出自己的手，彷彿在指示什麼似的直直高舉。

「什麼？」

前方是金色的都市。神聖都市NO.6撕裂漆黑的暗夜，一閃一閃地發光著。

小紫苑的小小手指正好指著那金色的光芒。

「NO.6？那裡怎麼了？你在意嗎？」

小紫苑沒有笑，也沒有哭。他睜著眼睛，一眨也不眨地盯著NO.6。

3 原因是……

成立官府的原因是，
保衛人民的生活、
創造太平盛世，
不是應該這樣嗎？
人民生活困苦、官府夜夜笙歌，
在遼闊的大地上，
人民找不到對象可以傾訴時，
只好寄託於文字上。
（中國民謠）

沙布發出悲鳴聲。

這、這是我？

為什麼？為什麼？為什麼……

「沙布，妳醒了呀？早安，心情如何？哇啊，知覺全都回復了嘛，太好了！」

這、這是我？

不，這不是我！

不是我！

「妳怎麼這麼說。妳看，妳如此美麗。而且不只是美麗，沒錯，妳擁有了美貌與能力，還能長生不老。這不是很棒嗎？」

不要！我不要！

救我！

把我還給我！

把原來的我還給我！

「沙布，妳不能激動。很痛吧？是，妳只要感情沸騰就會出現疼痛，頭痛。所以，冷靜，冷靜下來。冷靜想想妳自己該有的樣子。對……乖孩子。好了，我會幫妳。對，冷靜……」

紫苑呢……

紫苑在哪裡？

「忘了他，妳已經重生了，重生前的事情全都要忘了。對，全部！不論是什麼人、什麼名字、什麼回憶，妳都不需要了，沙布。」

不想忘。

忘不了。

不會……忘。

「明天呢，沙布，有節慶哦，是慶祝這個都市誕生的節日，是國定假日哦，就是『神聖節』，我想妳也知道吧？妳原本也是市民。」

紫苑。

紫苑你在哪裡？

「慶典這種東西真是有夠愚蠢，沒人會去想是為了慶祝什麼，只是騷動，真是愚蠢，對不對？不過不愚蠢我也傷腦筋。呵呵呵……真正神聖的在這裡，就是妳跟我。喝一杯吧，沙布，要喝葡萄酒嗎？」

不忘。我不會忘了你。

我無法忘了你。

「沙布，為什麼？妳為什麼表現出悲哀的感情呢？我送給妳的可是很棒的禮物喔。今後也是，我會讓妳成為所有人憧憬的存在。」

我會一直記著你。
因為那是我自己的心。
我不會……忘了你。

「真傷腦筋，我還以為妳是個懂事的孩子，真讓我失望，沙布。算了，妳很快就會知道我的偉大，到那時候妳會匍匐在地上感謝我。沙布，啊！對了！這個名字也不要了，丟了吧，前面有美好的未來在等著妳呢！如何？光想就覺得興奮，對吧？」

我不會忘了我的心。
我不會失去記憶。
不會讓人奪取我的回憶。
紫苑，你……

「來，過來，過來我這邊。」

紫苑，你在哪裡？

紫苑說完了。從遇見老鼠的那個暴風雨的夜晚開始說起，仔仔細細地詳述一直到今天發生過的事情。雖然不是三言兩語就能說完的事情，雖然沒有自信能正確傳達對自己而言簡直只能用天地變色來形容的這段時間，但是他還是努力地說了。儘可能排除內心萌芽的各種情感，冷靜、客觀地述說自身的體驗、所見所聞之事、在眼前上演的情景、震撼鼓膜的聲音……他以為自己做得到。

然而到最後，他的聲音還是顫抖了，帶著求助般的聲音。

我太弱了，太無力了，甚至無法壓抑自己的情感。

紫苑握緊拳頭。

我知道，這我早就知道了。不過你雖然軟弱，但也多次突破現實，走到這裡來了不是嗎？事到如此才懼怕自己的無力與無知，又有什麼用呢？就算丟臉，也不能害怕，這會讓你退縮，裹足不前。你已經走到這裡，無路可退了。我想你並沒有這麼弱。

紫苑深呼吸後，接著說：

「……我想救沙布。不論用什麼方法，我都要救她出來。為此，我來到這裡，請老鼠帶我來這裡。這裡究竟是什麼地方，又要如何才能潛入監獄內部，這些我都無法想像。但是，我一定要做到，只有這點是不變的事實。還有……老鼠是被我捲進來的，他為了我甘願冒險……這也是事實。」

老人仍舊默不作聲。

四周籠罩著寂靜。

好沉重的沉默，感覺連骨頭都快被壓得發出嘎吱嘎吱的聲音。

老鼠往紫苑身旁蹲下，他將不知何時從紫苑手中滑落的襯衫撿起，遞給紫苑。

「謝謝。」

呵……

老鼠笑了。

「你真是一個不論什麼時候都這麼彬彬有禮的大少爺，不過也是一個不知人間險惡的自大小毛頭。」

「你說我自大？」

「沒錯。我不是為了你來這裡，你少往自己臉上貼金了，大少爺。」

在紫苑回嘴之前，老鼠已經別開臉。毫無表情的側臉完全拒絕紫苑的眼神與交談。

「老。」

老人並沒有回應老鼠的呼喊，仍舊閉著眼睛，一動也不動。

看起來像是在冥想，也像虔誠的祈禱。

「老，紫苑所說的絕無虛假，這是事實，NO.6內部已經出現寄生蜂的犧牲者了。但紫苑得救了，不過大部分人並沒有那麼幸運，大家死得都很離奇。」

老鼠說到此處便停了下來，他瞄了一眼紫苑，雖然只有一瞬間，但是他的眼中閃過一抹疑惑的影子。

「老？你在聽我說話嗎？」

老人的頭微微傾斜。

「我在聽，你的聲音很清楚地傳進耳裡。」

「傳進你心裡了嗎？」

「當然。」

「那麼請回答我，不，請告訴我。」

「告訴你NO.6的命運？」

「不，那種事情不需要問，我知道它的命運，它一定會崩壞、毀滅，我將引爆這個導火線。」

「那麼……你想知道什麼？」

「寄生蜂的原形。」

紫苑發出輕微的驚訝聲。他瞪著眼睛盯著老鼠的側臉，接著將視線轉向老人。

「你要我告訴你寄生蜂的原形？」

「對。」

「為什麼……問我？」

「因為我覺得你知道。我一直在想，說不定……我想知道的事情大部分你都知情。」

老鼠呼了一口氣。側臉緊繃的線條緩和了下來，疑惑的眼神卻更加深刻了。

「你知道，因為你是NO.6的居民……不，因為你是NO.6的創造者。我說錯了嗎？」

這回紫苑發不出聲音來了，聲音卡在喉嚨。

創造者？就是這個老人嗎？

「我說錯了嗎，老？」

老人沒有回答。老鼠抬頭仰望天花板，那裡只有灰黑色的昏暗籠罩著。然而，老鼠卻彷彿看到什麼耀眼的東西，眨著眼睛。接著，他以罕見的緩慢動作抬起了手。

「請看這個。」

老鼠的手指上夾著一張四角形的紙，他將紙遞給老人。

是一張照片。使用印刷紙的舊式照片。

「酒精中毒大叔的照片，上面有你媽媽。我從相簿裡借來的。」

「啊，那一張啊……」

靠著火藍的紙條找到力河時，這張照片混在散落的照片裡。上面是幾十年前的母親跟她的朋友們。記得力河說過，是他以記者的身分最後一次進入NO.6時拍的照片。

力河說，當時NO.6並不像現在這麼封閉，出入必須要有市府發行的通行證，那時沒有通行證者不管有什麼理由，一律禁止進入市內的法令還沒成立，沒有特別關卡，也沒有特殊合金牆壁。

那一段時間是跟周邊往來較為自由的最後一段時期。

「正中間那位年輕女性是紫苑的母親，她的名字叫火藍。」

「火藍。」

「你應該認識她吧？畢竟你們一起拍過照，還是你早就忘了？」

「一起拍照？這個人跟我母親？」

紫苑很驚訝。

他知道自己呆呆地張著嘴。他不自覺地凝視已經白髮斑斑的老人，雖然覺得自己的眼神太過無禮，但是他卻無法移開視線。

他認識母親？坐鎮在地下洞窟，被稱為「老」的男人跟火藍有關係。紫苑心中只浮現一句話：「怎麼可能。」

怎麼可能有這種事。

紫苑驚訝到頭腦彷彿一瞬間整個麻痺。

自從遇見老鼠後，世界的框架崩毀了，過去生活的世界倒塌了。

驚訝的事情接踵而來，自己深信的東西、從不曾懷疑過的東西，全都天地變色，露出完全不同的另一面。紫苑已經有多次這種讓人無法喘息的經驗。

驚愕、感嘆、茫然、困惑，還有疼痛，品嘗到各種感情與感覺。那同時代表著在遇見老鼠之前的自己是多麼無知，赤裸裸地告訴自己，過去的生活是如此無知，而且也根本不試圖去求知。

所以痛，痛到幾乎要發出呻吟。然而，不，正因為這樣，自己才會毫不猶豫地去驚訝、去疑惑。

紫苑以自己的方式去期待看清自己本身，以及自己生活的世界的真實，同時也下定決心去看清楚。對，毫不猶豫地去驚訝、疑惑，也不害怕，反而是每當驚訝、疑惑過一次，眼前的薄膜就剝掉一層，讓他能看到世界新的一面。他非常珍惜這樣的經驗。

然而這一次，就只有驚訝。他傻傻地張著嘴凝視著老人。

老鼠的手撫上他的嘴唇。好冰……

跟驚愕、困惑無關的東西在腦海中一閃而過。老鼠輕輕咋了咋舌。

「閉上！你現在的表情真的白痴到讓人無法置信。」

「呃……無法置信的人是我……老鼠，這究竟是怎麼一回事？為什麼這時候會提到我母親？這個人認識我母親嗎……這是怎麼一回事？」

「我哪知道。就是不知道，所以才要問啊。酒精中毒大叔的照片上，站在你媽媽身旁的人……」

老鼠輕輕吞了一口口水。

「是老。」

照片從老人的手中滑落，彷彿飄零的花瓣吻上地面。

「看到這張照片時我也很驚訝，雖然沒你這麼嚴重，不過我想我當時的表情也很可笑吧……」

老鼠撿起照片，放到紫苑面前。

紫苑探出身子凝視著。

很舊的一張照片。

灰色建築物前站著幾名年輕人。

火藍就站在正中央。

一頭長髮，帶著羞怯的笑容，少女時代的母親的笑容。火藍右邊站著身材高大的長臉男人，他一手抱著白衣，眼神溫和，就算照片已經很老舊，但從他的眼神也看得出來，是一名很知性的男人。

我的名字是他取的，老鼠指著這個男人這麼說。

替老鼠取名字的人。

紫苑跪在老人面前。

「請告訴我。」

聲音沙啞，喉嚨渴到疼痛。

「請告訴我事實，拜託你。」

老人的上半身微微地搖晃。

讓人聯想到風中搖曳的芒草，在蠟燭的照耀下發出淡淡光芒的白髮，看起來很像花穗。

「知道事實跟拯救你的朋友，你覺得這兩件事有關聯嗎？紫苑。」

聽到老人的提問，紫苑緩緩地搖頭。

「我不知道。」

老實回答，真的不知道。

必須要盡快救出沙布，分秒必爭。為此需要些什麼？寄生蜂的原形、母親與老人的關係、還有NO.6的未來……知道這些是現在迫切需要的事情嗎？紫苑無法給予答案。

「只是？」

想知道，焦急地想知道。然而，現在最重要的事應該是救沙布，不是嗎？

「我不知道……也許我想知道事實跟能不能救出沙布是兩回事。只是……」

「我……不，應該是說我們吧。包括我在內，住在NO.6的人們一直遠離著真相，我們一直生活在看不見現實、看不見真相的世界裡。」

「是根本不曾試圖去看吧……」

老鼠以無情的口吻從旁插話。

「只要肯注意看，就可以看得見，只要肯去探尋事實，就可以了解。然而你們卻不肯，沉溺在虛偽的繁榮裡，以傲慢自居，根本不曾試圖去了解。就是你們的愚蠢將NO.6這個怪物養成現在這個模樣。」

「的確。」

紫苑深呼吸。

的確是那樣。

但是啊，老鼠，在跟你一起生活的時間裡，我觸摸到真實的表面，用我的手觸摸到了，而且從那裡出發。那也是不容質疑的事實。

我從那裡出發，現在人在這裡。

「沙布被綁架之事、出現寄生蜂之事……NO．6變成怪物之事，全都因為我們不肯正視事實而引起的。我們犯的過錯太沉重……我察覺到這件事。因此我想知道，我想用自己的眼睛看清楚這個世界的真面目……」

紫苑緊咬下唇。

不對。

這句話差點脫口而出。

不對。

對老人說的話並不全都是虛假，只是經過修飾。希望知道真實的願望背後，並不只有對過去的悔恨跟反省而已。

好奇心。不，並不是好奇心這種隨隨便便的東西，而是更根深柢固的欲望。

那一直盤旋在心底深處。

對自己無法想像的世界、未知事情的興趣，更何況……更何況還有也許能發現什麼跟老鼠有關的線索的那份期待。

老鼠表現出來的只有很少的一部分，還有許多紫苑看不透的部分。這點他總是隨時隨地深刻感受著。

你從哪裡來的？

你在哪裡出生？

在那個暴風雨夜之前，你過的是怎樣的生活？

你心裡想些什麼、信些什麼、又拒絕些什麼？

答應告訴我，卻還不肯說出口的真名……

心好疼。不是為了別人，而是為了自己，想知道的欲望讓我的心好疼。然而，我卻戴著面具，扮演著一個渴求知道真實的單純年輕人角色。

嘴裡說的話跟心願背道而馳。

這張嘴說出來的話怎麼會如此有條不紊又好聽呢？

正因為有條不紊又好聽，所以包含著虛偽。自己所說的話欺騙了自己的心。

紫苑咬著下唇，狠狠地咬著。

我還只會這麼說話嗎？

為什麼無法像老鼠那樣說話呢？只會用看得到的表面卻沒有內涵的語言。為什麼要假裝？為什麼沒有當眾出醜的覺悟，卻說出那種話？

都已經在他身邊生活了好幾個月了……

紫苑幾乎是下意識地看著老鼠。明明不可能沒發覺紫苑的言語中包含著虛假的修飾，但是老鼠的側臉卻完全看不到輕視，沒有嘲笑，甚至連憐憫的表情都沒有。老鼠只是微微地抬著頭，凝視著昏暗的空間。

老鼠絕對不會賣弄語言。

沙布也不會。

思緒彷彿夜空的雷電，快閃而過。

沙布也絕對不會賣弄語言，至少對紫苑說過的每一句話都是真心的，不是嗎？她率直地、真誠地說過很多話。

再度覺得羞愧。

對老鼠、對沙布都該覺得羞愧。

「我……想知道。」

一句、一句擠出話來。

「我不知道的事情太多了……所以我想知道……只是這樣。」

老人的身體再度搖晃。

「知道了，並不代表會幸福，反而還會懊悔不知道比較好……現實很可能就是如此，紫苑。」

「我知道。」

與其懵懂地幸福，我更想知道後去痛苦。虛假的幸福比不上真實的苦痛與煩悶。要以那個為動力前進，不能總是憑靠著毫無著力點的虛幻。

撫摸著心，確認自己的想法。

沒有錯。我的想法在我的心中，應該沒有欺騙任何人。

「我知道，我想我已經有所覺悟了。老……我無法斷言我一定不會後悔……我想，我應該會不斷地後悔……但是，我覺得總比什麼都不知道好。這是……我的真心話……呃、所以我……」

真的想說話時，舌頭卻打結了，話無法說得跟剛才一樣流利。

真話好沉重。

充分包含說話者的想念、感情、真心，因此沉甸甸。

老人突然笑了，紫苑這麼覺得。

一閃而過的笑容消失了，老人緩緩地閉上眼睛，然後沉默。

「老，為什麼沉默了？」

也許是焦急，老鼠的聲音顯得慌張。

「老！」

「愛莉烏莉亞斯。」

老人的嘴唇蠕動，發出如同吐氣般的喃喃聲。對紫苑而言，那是意思不明的一個字。

「愛莉烏莉亞斯？」

老鼠蹙起眉頭，看來他也無法理解。

「那是名字。」

「誰的？」

「她的。」

「她？」
「老鼠，眼睛。」
「什麼？」
「閉上你的眼睛。紫苑，你也是。」
與老鼠互看。老人的聲音低沉、穩重，完全沒有強制的感覺。然而，回過神時，卻發現自己照做。就像是將身體交給緩緩流動的大河，不知不覺地被帶入大海的感覺。
紫苑閉起了眼睛。
「愛莉烏莉亞斯。」
老人再度呢喃。
「她曾是偉大的王，非常珍貴的存在。」
愛莉烏莉亞斯……
站在紫苑旁邊的老鼠倒抽了口氣。
「到了今天，感覺就像遙遠的過去。這塊土地……對，那是在這塊土地上還沒有牆壁時的事情。沒有牆壁，卻有蓊鬱的森林，有湖泊、有草原，所有的人事物都保持著關聯，維護著平衡。樂園……也許是這顆星球上殘存的最後一處樂園，在人類的破壞下殘存的樂園。奇蹟之地，能夠孕育生命，安祥死亡之地。她就在那裡，真的存在。發現她的人，是我。」

老人的聲音更加低沉了。

「不，不對……那樣的說法太過傲慢。不是發現，該說是相遇。偶然地……彷彿天神在冥冥之中的牽引，讓我遇見了她。愛莉烏莉亞斯，過去的偉大的王。不，應該還是吧，她現在應該仍舊君臨。」

「愛莉烏莉亞斯。」

紫苑模仿老人，也喚起了那個名字。

愛莉烏莉亞斯。

耳朵跟舌頭都不熟悉的迴響。無法想像擁有這個名字的那個人是什麼模樣，又有怎樣的聲音，更別說是什麼偉大的王了……實在太過誇張，而且可疑，讓紫苑不解。

偉大的王、君臨。每一句話聽起來都好可疑，有統治的感覺。過去這裡曾有王國嗎？就像NO.6現在支配這塊土地一樣，過去一名叫做愛莉烏莉亞斯的王統治了所有……

老人說她，也就是女王囉。

女王統治的樂園。

聽起來就像三流的肥皂劇，實在令人難以相信。

空氣突然動了，傳來輕輕的呻吟聲。張開眼睛的紫苑眼裡，躍進老鼠雙手摀住臉龐的模樣。

「老鼠！」

紫苑趕緊伸出手接住老鼠倒下的身體。傳來肉體的重量與熱度，低沉的呻吟聲從老鼠的指間散出。

一模一樣，就跟那個時候一模一樣！

那時候兩人正在居住的地下室裡談論著寄生蜂的事情，就在話題從新興病毒轉到寄生蜂的真面目時，老鼠突然暈倒。

當時自己正在喝熱開水，還記得老鼠手中的杯子滑落，掉落在地板上，然後彈起來又滾落。

「老鼠……放鬆。聽得見我的聲音嗎？」

紫苑懷抱著老鼠的身體跪了下來。

如果跟之前一樣，那就不需要慌張，那個時候的老鼠平安地恢復了。如果一樣的話……

「痛。」

老鼠用力抓住紫苑的手臂。他一邊用力呼吸，一邊喘息。微微顫抖的指尖加深了紫苑的不安。

「水。」

紫苑看了看周圍，沒有人動。

「請給我水！誰請給我一杯水！」

「要死了嗎？」

背後傳來聲音，一個沒有抑揚頓挫的聲音，灰色的男人，毒蠍的聲音。他不知道什麼時候出現在正後方。

「那傢伙要死了嗎？那就不需要水了。」

毒蠍的口吻帶著諷刺。

「將死之人不給予任何東西，更何況是一度離開之人，不需要給予任何東西。」

紫苑轉身，抬頭看著斷言不需要給予任何東西的男人。

「去拿來！」

他命令地說。他不曾用這種威嚇的口吻命令過人，然而如今說出口卻沒有任何突兀的感覺。

「去拿水來，快點！」

毒蠍的身體微微晃了晃，瞪大的眼眶痙攣著，眼角旁一道汗水滑落。

「這個……」

一個木碗遞了出來，裡面裝了半碗水。一個瘦小的孩子捧著碗站在旁邊。

「媽媽……媽媽要我端來。」

「謝謝。」

紫苑接過碗。小孩轉身快步消失在黑暗中。

吱吱……

一隻小老鼠爬上紫苑的肩膀，一邊抖動著鼻子，一邊看著紫苑的手。

「老鼠……喝水。」

紫苑扶著老鼠的身體，慢慢地餵他喝水。喉嚨咕嚕咕嚕地動著，水嚥了下去。

「老鼠，聽得見我的聲音嗎？」

眼簾升起，露出灰色的眼眸。真漂亮，彷彿黎明前天空的顏色，內斂著光芒，靜靜發光。

跟黎明一樣美麗。

即將破曉的天空連繫著可以活在某處的希望，是一道光芒，祝福決定要好好活過今天的人們，所以美麗。

這麼美麗的眼眸也曾經給予我多次的希望。

嘖！真受不了自己。

笨蛋，什麼時候了，還看傻了眼。

「……紫苑。」

「你醒了嗎？來，慢慢喝水，對，全部喝掉，然後用力深呼吸。」

老鼠乖乖地遵從紫苑的指示。喝光水，用力深呼吸，吐氣。

「好些了嗎？」

「還好。」

「會不會頭痛？想吐或心悸呢？」

「十。」

「三加七的答案。接下來是二十一。」

「啊？」

「是啊……三的七倍。」

上次回復意識時紫苑問的問題，老鼠似乎還記得一清二楚。

突然很想笑。

現實很嚴苛，非常殘酷，過去的時間裡總是充滿了人們的感嘆、死亡、吶喊，渲染著恐懼、絕望、悔恨；然而內心溫暖、興奮到想尖叫的瞬間也很多。跟老鼠的回憶總是那樣，讓人感受到心情的躍動與溫暖。

回憶？

紫苑挺直腰桿，手臂僵硬。

為什麼……我會開始回想？

紫苑懷中的老鼠喃喃地說：

「我聽見風聲。」

「風？」

「風在唱歌，我聽見風的歌聲。」
老鼠坐直起來。
「之前也聽到了，不過這次更加……聽得更加清楚。是一首旋律緩慢的歌曲……」
「怎樣的歌？」
「那是一首……」
「那首風的歌你唱得出來嗎？」
「我？啊……是啊，我應該唱得出來。」
「唱給我聽。」
老鼠眨眨眼，開始唱了。
旋律緩慢的歌曲迴盪著。

風攫取靈魂，人掠奪心靈。
大地呀、風雨呀、天呀、光呀。
請全都停留在這裡，

務必全都留在這裡。

活在這裡……

靈魂呀、心靈呀、愛呀、情感呀。

全都回到這裡，

留在這裡。

紫苑肩上的小老鼠不動了。彷彿被釘在原地，一動也不動，甚至連大氣也不敢喘。人也一樣，黑暗中的人們也全都著迷地聽著。他們閉上眼睛，用心聆聽。一切都靜止了，彷彿連時間都停住了。老鼠的歌聲滲透、包容、搖曳人心，彷彿身心都飄浮的感覺。

風攫取靈魂，人掠奪心靈。

但是，我還是留在這裡。

繼續唱歌……

懇求，

傳遞我的歌聲。

懇求，

接受我的歌聲。

歌聲停了，有人輕輕地嘆氣。不只一個人，黑暗的每一個角落都悄悄地傳來嘆息聲。

老鼠緩緩地搖搖頭。

「我覺得好懷念，感覺好像很久以前就常聽到這首歌。有人教我唱這首歌。」

紫苑抬起頭，對著坐著的老人問：

「這首歌跟那個叫愛莉烏莉亞斯的人有關係嗎？」

「你覺得有嗎？」

「有。」

雖然是直覺反應，但是紫苑確信沒有錯。

老鼠跟愛莉烏莉亞斯有關。

老人瞇起眼睛，視線在空中徬徨。

「好久沒聽到這首歌了，我以為這首歌已經消失在這塊土地上了。原來……還有人會唱啊！」

「是風在唱。」

老鼠用手背擦拭濕潤的嘴唇。

「不，也許是誰站在風中唱也說不一定。但是……我聽到了，我開始聽得到這首歌了。」

老人點頭說：

「從什麼時候開始？」

「這之前開始。嗯……『真人狩獵』前不久開始，這是第二次……突然覺得意識不清，彷彿舞台拉下幕簾，眼前出現綠色風景……然後……」

老鼠看向紫苑，眼神不定。紫苑想起暴風雨的夜晚，第一次遇見老鼠的那個晚上。全身濕淋淋又染著血出現在自己面前的少年，脆弱到似乎一碰就倒。那樣的脆弱與那股跟脆弱完全不符合、充滿生氣的眼眸吸引了他，讓他伸出了手。

「我幫你包紮傷口吧……」這句話毫不猶豫，也沒有任何抵抗地脫口而出。

只覺得要趕快幫他做點什麼才行，感受到一股使命感，覺得一定要保護這個少年。對他人燃起如此深切的保護欲只有那一瞬間，不論之後或之前，都不再有過。

鮮明強烈的一瞬間，讓人生印上色彩的一瞬間。每次想起總覺得胸口騷動。

那個時候喚起紫苑保護欲的脆弱，四年後重逢時，已經從老鼠身上完全消失的脆弱，如今又重新在他的眼神中復甦了。

忐忑不安。

「我也搞不太懂。我還很小，撥開草叢往前走。天空……看得見天空。」

「嗯。」

「蔚藍的天空，非常漂亮的藍。然後聽得到振翅聲跟……歌聲。我無法判斷是女人的聲音，還是男人的聲音，很不可思議的聲音，聽起來也像風聲，像是吹拂過草原的風、盤旋在地上的風，也像是從天而降的風。我……我只是呆呆地站著……聽著那首歌……」

盤旋在地上、從天而降的風之歌。

該不會是……

「奉獻之歌嗎？」

幾乎是直覺。閃過腦海的想法化成語言脫口而出。

「奉獻給愛莉烏莉亞斯的歌……為了讚美她，或是為了安撫她的歌……對嗎？」

老人的胸膛鼓起，又陷落，像是不斷地深呼吸。

激動嗎？還是感到混亂？

「毒蠍。」

老人出聲喚男人。灰色的男人彷彿從黑暗中被擠出來似的現身。

「給這兩個人食物，帶他們去休息。」

「老……」

「只能一下子……不過還是讓他們休息吧。儘可能滿足他們的要求，能給的就給吧！」

「為什麼?!」

毒蠍憤怒地問：

「為什麼要幫這兩個人？老鼠是從這裡離開的人，發誓再也不回來，轉頭就走的傢伙，不該再回到這裡的人，不是嗎？」

「沒錯。」

「可是他回來了，而且還帶了惡魔。老，你看不出來嗎？這傢伙是惡魔，會帶來災難與破壞。」

毒蠍直指著紫苑繼續說道：

「你剛才看到這傢伙的眼神了嗎？根本就是魔眼，黑暗之眼。老鼠被惡魔操控了。」

「什麼啊！」

紫苑真的覺得不舒服。

「你從剛才開始就一直說同樣的話，不過瞪你一下而已，就把人說成惡魔一樣，真是太沒禮貌……」

毒蠍搖頭阻止紫苑再說下去。他的臉部表情扭曲，彷彿紫苑口中說出來的話全都是詛咒。

「你就是惡魔。老，老鼠可以，如果是你的命令，我會遵從，我會帶他休息，給他食物；但是這傢伙不行，如果現在不殺他，今後一定會禍及我們，也許會毀滅我們。」

「毒蠍！」

老鼠站了起來。

「毒跟藥有時候會從同一種藥草裡提煉出來，有時候不吃，根本不會曉得是毒藥還是救命藥，不是嗎？」

「……你想說什麼？」

「不管紫苑是不是惡魔，都不需要揭穿他的真面目，因為那不重要。現在最重要的是他必須活下去，就僅僅如此。」

「因為……」

老鼠撥撥紫苑的頭髮說：

「在他的腦袋裡呢，毒蠍，有監獄的內部構造圖，而且是最新版的。我想應該跟電腦一樣準確。如果沒有這個情報，就無法破壞監獄。」

「破壞監獄……」

毒蠍的臉上閃過驚愕。雖然只是一瞬間，不過已經足以將灰色的男人變回有血有肉的人類。力河及借狗人聽到老鼠的話時所表現出來的反應，同樣也出現在這男人的臉上。

紫苑明白了。啊啊，原來如此……

雖然他的皮膚跟瞳孔都是罕見的顏色，但那只是表象，他同樣有血有肉，是個有溫度的人，負傷會痛，也有感情與知性。他的不同，只有肌膚跟瞳孔的顏色，這種不足為道的差異而已。

「你……真的打算那麼做？」

「對，也許我只有這麼一個打算。監獄不只是個收容所，同時也是肩負跟NO.6的基礎有關的研究機構。只要破壞那裡，NO.6必定出現龜裂……一定會！我要以那個龜裂為導火線，毀掉整座都市。所以，我一定需要紫苑。我剛才也說過了吧，我可不會讓你簡簡單單就殺掉他唷，毒蠍。」

老人搶先毒蠍一步，開口說：

「也許早就龜裂了。」

「你說什麼？什麼意思？」

「也許在你出手之前，NO.6就會慢慢被愛莉烏莉亞斯瓦解……這個意思。」

「老！請你說清楚，到現在你根本還沒說出任何一個真相。」

「老鼠……你會帶著紫苑回到這裡也是命運吧，這也許是早就注定好的事情。」

「早就注定？誰能左右我的人生？我豈會讓人左右！什麼神啦、命運啦，我絕對不會照著那種無聊的東西走。老，夠了，別再玩文字遊戲了，不要再意有所指地迂迴了，請回答我的問題。你跟NO.6的誕生有關係，對吧？」

「對。」

「有什麼關係？」

「坐吧，紫苑也坐下。放鬆一點。給你們水喝，你們應該口渴了。」

老人的話還沒說完，旁邊就遞來比剛才大一點的碗，裡面裝滿清水。

口渴的感覺，猛烈地復甦了。

一直很想喝水。來到這裡為止所經歷的一連串事情，似乎已經把體內的水分吸得一乾二淨。因為太過口渴，喉嚨的黏膜都黏在一起了。扶著老鼠喝水時，絲毫沒想到自己也想喝，忘了自己也口渴。也許因為這樣，一股強烈想喝水的感覺席捲而來。

「水……」

雙手捧著碗，貪婪地喝著水。好冰，又冰又好喝，跟那時候的水很像。和正當跟寄生蜂奮戰時，老鼠多次餵自己的水、借狗人居住的廢墟附近小河裡的水好像，如同滲透人心般的好喝。

紫苑一口氣喝光。空的碗裡又注入新的水，他感激到幾乎落淚。

「好喝吧？」

聽到老鼠這麼問，紫苑用力點點頭。真是無法形容的好喝……

「這裡有座地底湖，那裡的水富含礦物質。不過……看來你很渴。」

不知道喝光幾碗後，紫苑嘆了口氣。可能是等待這個時機吧，老人開口說：

「故事有點長。這輩子我本來不打算把這件事告訴任何人……不過今天必須要講了，只是在我開始說之前……老鼠……」

老鼠抬頭。

「這條路通往監獄，不過路只到一半，因為監獄那邊設了遮斷門，已經幾十年都不曾開啟的門。」

「這我知道。」

「不打開那道門是無法進入監獄內部的，這點你也知道吧？」

「當然。」

「要從這一側開門是不可能的事情，但是，監獄那邊也不可能打開那道門，絕對不可能。」

「門這種東西……」

老鼠的嘴邊浮現出淡淡的微笑。

「可不能期待它會乖乖開門，是要用力撬開的。」

「你有方法？」

「不是沒有。」

「我想你不會什麼都沒有考慮就行動……但是，我不覺得有任何方法可以打開那道門。」

「紫苑。」

老鼠蹲下來，抓住紫苑的肩膀。小老鼠匆匆忙忙地跳了下去。

「我們講的那道門是地底下的空白部分跟地面上的部分唯一相連的那一點，你知道是哪裡吧？」

「知道。」

紫苑的腦海中浮現平面圖。

是老鼠命令他必須以必死的決心牢記的監獄內部構造圖。

「位置在PO1—Z22，監獄那側以X點標記。」

「也記得那一點的電力線路吧？」

「嗯，單一式的舊式線路，並沒有設置輔助線路。」

「不會開啟的門不需要精密的輔助系統。效率第一，不需要多餘的東西，不論人或設備都一樣。呵呵……這就是他們的想法。就是這樣的想法讓我有機可乘。」

老鼠折了折手指。

「我會打開那道不再開啟的門，我會撬開來的。老，我們的戰爭，我們自己會想辦法，不需要你擔心。」

「那可是會要命哦。」

「我們的命嗎？」

「很多人的命，會有超乎想像多的人喪命。而能夠阻止這一切的人，也許只有你們。老鼠，我相信宿命。你們會認識是宿命，會站在這裡也是宿命，我遇見愛莉烏莉亞斯也是宿命。就從這件事開始說起吧……你們聽我說，聽完之後要快，不快就來不及了，必須要快……知道嗎！」

老人開始說了。

那是NO.6的故事。

紫苑跟老鼠彷彿聽著祖父講述過往故事的幼子一般，一動也不動，只是豎起耳朵。

那是NO.6的故事。

破壞與創造的故事。

4 快把一切揚棄

由我這裡，直通悲慘之城。
由我這裡，直通無盡之苦。
由我這裡，直通墮落眾生。
聖裁於高天激發造我的君主；
造我的大能是神的力量，是無上的智慧與眾愛所自出。
我永遠不朽；在我之前，萬象未形，只有永恆的事物存在。
來者呀，快把一切希望揚棄。
（神曲〔La Divina Commedia〕地獄篇　第三章但丁〔Alighieri Dante〕）❶

❶譯註：中文譯文摘自《神曲1地獄篇》，黃國彬譯註，九歌文庫927。

突然開始了。

沒有人預料到。

突然就開始了。而且從群眾集聚的廣場開始。彷彿盤據在地底下的瓦斯一口氣爆發似的開始了。

二〇一七年「神聖節」。

中午十二點十五分，市政府——俗稱「月亮的露珠」——前廣場。

吹來的風很冷，刺痛著肌膚，然而陽光卻很明亮，晴空萬里，染上很適合節慶日的蔚藍，十分耀眼。

人心浮動。

手中揮舞著市旗，嘴裡讚揚著神聖都市。

說著「我們偉大的NO.6」。

即將舉行典禮的市政府前廣場擠滿了人群。

「好熱喔。」

人群中有一名女人抱怨著說。那是一個身材苗條的年輕女人。

「人這麼多，都快無法呼吸了。」

「就是啊。」

旁邊的友人表示同感。那是一名個頭矮小的黑髮女人，她擦拭著鼻頭的汗水，嘆了一口氣。

「都快走不動了，擠死人了。明明是冬天，卻流了一身汗，好不舒服，全身黏答答的。」

「真討厭，精心打扮的這一身漂亮衣服都報銷啦！」

「就是啊……」

兩人幾乎沒什麼流汗的經驗。她們總是待在有管理室溫及濕度，舒適且快活的空調設備中。

她們無法忍受腋下及背後流下的汗水，更受不了推擠的人群所散發出來的熱度，心情十分惡劣。

黑髮女人翹起擦著口紅的嘴唇說：

「我上司要求我一定要來參加典禮，不然要扣我薪水。」

「我也是。上司交代，一定要參加，要不然我才不來這種地方呢！」

「從ＩＤ卡就可以看得出來有沒有參加，因為通過關卡時會讀取市民登記號碼……聽說之後公司會收到報告。」

苗條女人嚴肅地點頭，蹙起了眉頭。她的臉頰也出汗了。

啊啊……好難過，好想沖個澡舒服一下。

黑髮女人繼續半抱怨地說著：

「我妹妹啊，她還是學生，聽說她們在學校集合，集體坐巴士來參加呢。」

「真的嗎？我們那時候不會這樣啊……」

「是啊，聽說從今年開始哦，為的就是確認對市的忠誠度。我妹說如果不參加會影響行為分數，聽說會被打Ｄ喔。萬一拿到Ｄ，不就無法升學，也找不到工作了嘛。我覺得真的很過分……」

「就是啊，而且這不就變成強制了嗎？現在想想……做得還真露骨耶，最近不管走到哪裡，都要確認忠誠度，什麼都忠誠度，真奇怪……」

苗條女人的肩膀突然被抓住，嚇得她說不出話來。

穿著白色襯衫、灰色褲子，沒什麼特徵的中年男子站在後面。他的體型很壯碩。

「那個……有什麼事……」

「妳們在說什麼？」

「啊？」

「剛才妳們兩個在說什麼？」

兩個女人對看，心跳得很快。

「呃、我們沒講什麼……只是在講天氣很熱……」

「是嗎？我聽到的是對市的不滿與不平，不是嗎？」

男人的瞇瞇眼散發出黯淡的光芒，用詞雖然還算客氣，但是目光猙獰且銳利，讓兩個女人陷入慌張。

恐懼布滿全身。

治安局。

「哪有……什麼不滿，我們沒講那些，從來也沒那麼想過。我們……那種事情……」

黑髮女人顫抖的雙手環抱在胸前，淚水盈眶。

救我！爸爸、媽媽，救我！

「請妳們先跟我回去吧，回去之後我會好好聽妳們解釋。」
「不、不……不要！」
黑髮女人忍不住哭了出來，苗條女人也全身顫抖。
「請跟我們走一趟。」
不知道什麼時候，旁邊出現另一名穿著相同服裝的男人，抓住女人的手。那隻手冰冷到令人驚訝。
不……不、不，我們不過說說話而已，不過將內心所想的說出來而已。
太過驚訝到連哭都哭不出來，她無法像友人一樣哭泣。
苗條女人只是不停地顫抖。
「好了，走吧。」
男人的目光更加銳利。
好恐怖，真的好可怕，爸爸、媽媽！
嗚！
含糊的呻吟聲，從男人的嘴裡傳出來。男人瞪大了眼睛，嘴巴一張一合，卻沒有發出任何聲音，只有不停地一張一合。雙手亂抓著脖子，顏色開始變成深黑色。

「怎、怎麼了？」

冰手男人慌張地伸出手。

哇啊啊啊！

女人發出尖叫聲，扯開喉嚨大聲尖叫。

幾乎在同時間，黑髮女人也發出悲鳴聲。

「呀啊啊啊！」

男人不動了，眼睛、嘴巴都還張開著，人卻僵硬了，連口腔都看得一清二楚。

叩！

什麼東西掉在石板路上，發出輕微的聲音。是一個小小的白色物體……是牙齒。

男人嘴裡的牙齒一顆顆掉落，一顆，又一顆。頭髮也一根根地掉，一邊變白，一邊掉落。男人翻了白眼，撞上地面，全身痙攣，脖子上的黑色斑點不斷地擴張。那個斑點開始隆起……

跟剛才無法比擬的恐懼席捲而來，感覺快瘋了。不，也許已經瘋了！瘋了，所以才看見不可能出現在這個世界上的景象。只能尖叫，只能發出尖叫聲，吐出些許恐懼。彷彿不這麼做，身體就會破裂，就會破碎……

深呼吸。

哇啊啊啊！

呀啊啊啊！

在女人開口之前，群眾間搶先發出各種呼喊聲、尖叫聲。這邊也傳出來，那邊也冒出來。男人的聲音、女人的尖叫、年輕人的吶喊、老人的叫嚷，全都變形、糾纏、四處亂竄……

「啊！」

黑髮女人胡亂地舞動著手叫著，彷彿跳著奇妙的舞蹈。

「有人，有人在裡面，有人在我的身體裡面……救命……救命啊！」

尖叫的嘴裡，牙齒開始剝落。

喀滋、喀滋、喀滋、喀滋。

黑髮女人的脖子上，黑斑越來越擴散。

「有毒！」

傳來某人的聲音。

「快逃！這裡被下毒了。」

傳來另一個聲音。聽到有人喊「會死人」。

有毒！快逃！會死人！有毒！快逃！會死人！

女人跨過倒在地上的男人屍體，打算快跑。在那之前，眼前似乎有什麼閃耀了一下。

蟲？

女人被撞了一下。有個胖女人跌倒在她身旁，人們的鞋子毫不留情地踩過她的身體揚長而去。

地獄。

快！得快點逃才行。

女人下意識摸著脖子，跨過倒在地上的身體，拚命往前跑。

二〇一七年，「神聖節」。

上午七點二分，下城。

火藍在做點心。

她在做克拉巴特，將加了杏仁粉的餅皮捲成領帶形狀，然後油炸，加入柑糖漿的風味，最後再撒上糖粉。

「好好吃的樣子哦。」

莉莉吞了口口水。

「很好吃喔，我另外做了一些，晚點可以配紅茶吃，莉莉喝溫牛奶好嗎？」

「我想喝冰的，我喜歡冰牛奶。」

「好，就喝冰牛奶，以不喝壞肚子為原則的冰牛奶。不過莉莉，在那之前……」

「到店裡幫忙，對嗎？我會加油。能到阿姨店裡幫忙我好高興，真興奮。」

「因為今天是『神聖節』，會很忙哦！」

「嗯。要說『歡迎光臨』，然後幫忙將麵包跟馬芬裝進袋子裡。」

「對，沒錯。要告訴客人『托盤在入口處的架子上，請用托盤』。如果看到身體不方便的人或是小孩，要問『客人，需要我幫忙嗎』。」

「歡迎光臨，托盤在入口處的……入口處的……」

「架子上。」

「架子上，請用托盤。客人，需要我幫忙嗎？」

「好棒，就是這樣，莉莉。記得要隨時保持笑容哦。」

莉莉很驕傲地說：

「聞到這麼好吃的香味，自然而然就會面帶微笑，我都快流口水了呢。」

莉莉用雙手捧著自己的臉頰，隨即她的眼睛裡閃過一抹陰影，口吻也變得沉重。

「阿姨。」

「什麼事？」

「這個點心我可以帶一點回去給爸爸吃嗎？」

「當然可以啊，我會留妳爸爸、媽媽的份……莉莉，怎麼了？戀香出了什麼事嗎？」

聽說莉莉的母親戀香懷了第二胎，也許她出了什麼事。

如果是菁英居住區「克洛諾斯」的居民，從懷孕、生產到之後坐月子，都有專屬的醫療工作人員給予細心的治療與援助。住在下城的居民想要接受「克洛諾斯」級的高規格醫療，連作夢都不可能。縱使下城的病患、老人、小孩的死亡率，都是「克洛諾斯」的好幾倍。

火藍對於下城的生活沒有不滿，只是常常會有切身感受，自己身處這個都市創造的堅固金字塔的最底層。

火藍打起寒顫。

不是因為感受到自己身處最底層的關係，而是人站在人之上，統治人類的現實，讓她覺得寒冷，同時對於過去的自己居然沒發現這個事實，也讓她忍不住打冷顫。

為什麼會如此愚昧呢？

莉莉搖搖頭。亞麻色的柔細頭髮也隨之搖晃。

「不是媽媽，是爸爸。」

「月藥先生？妳爸爸怎麼了？」

「今天是『神聖節』，他卻需要工作。」

「神聖節」是NO.6最崇高的節日，不僅教育、行政機關，市內幾乎所有商店、公司都放假。大部分的市民會前往市政府前的廣場，聆聽市長的演講，慶祝NO.6的誕生與繁榮。從去年開始，這個典禮漸漸強制化。從前往廣場的關卡就能瞬間判別市民是否有參加典禮，沒有市當局認可的正當理由，擅自不參加聚會的市民，之後會被詳細調查不參加的原因，聽說幾乎類似審問犯人。

感覺居住在這個都市越來越讓人窒息。然而儘管如此，大部分的市民還是自動自發參與慶典活動，並沒有遭到強制。他們自願參加，在白色的地面上揮舞著金色市旗。

自願參加……真的嗎？

「阿姨，點心……」

莉莉眨眨眼。火藍手中緊握著一條克拉巴特。

「啊，糟糕，浪費了。所以月藥先生今天沒休息，是嗎？」

「嗯……」

雖然是盛大的節慶，但是跟平常一樣工作的人、必須照常工作的人，還是很多，火藍也是其中一人。不工作就沒收入，節慶日時，蛋糕、點心、麵包會賣得比平日好，就是俗稱的「旺市」。今年火藍打算以這個為理由，不參加典禮。事前提出的不參加申請書上，必須詳細記載工作內容、每個月的業績、若是開店時的預測毛利額等，還要本人親自到市府的負責窗口申請。雖然很麻煩，但還是比休店去參加典禮來得輕鬆，所以火藍選擇不參加。

不能安於輕鬆。

過去總是選擇輕鬆的路，忘了要逆流而上，讓自己的心遲鈍，隨意地隨波逐流。結果呢？不是應該有切身之痛了嗎？

兒子被奪走。

兒子的好朋友被奪走。

不合理又非常突然地奪走自己最重要的東西。

不能再隨波逐流了。如果不能穩住腳步，就無法面對紫苑和沙布。當兩人平安回來時，就無法理直氣壯地擁抱他們。絕不容許這種情況發生。

「莉莉，爸爸不在家妳覺得寂寞？但是那是工作，也無可奈何呀。」

「不是的。」

莉莉又搖了搖頭。

「媽媽也說是無可奈何的事。但是，不是的。我可以來幫阿姨的忙，所以很興奮，不會因為爸爸不在家就覺得寂寞。朋友也是，我告訴他們要來麵包店工作，大家都很羨慕……所以我並不覺得寂寞……只是、只是……我很擔心。」

「擔心爸爸嗎？」

莉莉點頭。

「為什麼？發生什麼讓妳覺得擔心的事嗎？」

「是沒有……爸爸每天出門上班前都會親我的臉頰，他說親我會讓他覺得幸福，就像護身符一樣。」

「真的呀，妳有個好爸爸哦！」

「嗯，我好愛爸爸。可是他今天忘了，沒親我就去上班。就在我跟媽媽在廚房裡講話的時候，他一個人……沒說一聲就出門了。」

「是不是工作太忙了呢？」

「我不知道。他早餐也沒什麼吃，只吃了半片吐司跟一杯咖啡，而且還嘆氣，像這個樣子。」

莉莉垂著肩膀嘆氣。

好可愛的模樣。

莉莉以自己的方式關心父親。她敏銳地看出母親再婚的對象，也就是自己的繼父的小小變化，擔心他也許有煩惱，也許太累了吧……莉莉小時候曾經歷過生父死在眼前的事情，那樣的經驗造就今天懂事的她。

「莉莉……」

心疼這小小的靈魂。

火藍在莉莉面前蹲下，摸著她亞麻色的頭髮說：

「笑一笑。妳的笑容可是阿姨的護身符哦。看著妳這麼難過的表情，阿姨也要跟著難過起來了。」

「阿姨……今天爸爸沒親我，可是他一定不會出事吧，神會保佑爸爸吧？」

「當然啊，對了，今天爸爸回家後，莉莉可以親他啊。」

「嗯，就這麼辦。」

「那我們來開店吧。可以幫我把克拉巴特放在托盤上，端到店裡的架子上嗎？」

吱吱……傳來鳴叫聲。

「是老鼠，牠還在啊！」

莉莉高興地提高音量。茶褐色的小老鼠在桌面下抖動著鼻子，雙手合十，上下晃動著頭。火藍馬上看出牠在道別。

「你要回去主人身旁了呀？」

以及我兒子身邊。

火藍將剛才緊握以至於捏碎的點心碎片放在小老鼠面前。小老鼠用前腳壓著，毫不猶豫地開始吃了起來。

「阿姨，這個點心跟小老鼠的顏色一樣耶。」

「哎呀，妳這麼一說，還真的耶。牠的毛跟克拉巴特的顏色一樣呢。」

吱吱吱……

小老鼠抬頭看著火藍。牠有一雙葡萄色的眼睛。

「克拉巴特……你該不會叫克拉巴特吧？」

吱吱……小老鼠出聲，彷彿在說「是的」。

「克拉巴特，真棒的名字。那麼，克拉巴特，請告訴你的主人說我很感謝他，他的話給我很大的力量……我非常非常感謝他。請你告訴他。」

如果可以的話，也請告訴紫苑。我會等他回來，媽媽會一直等他回來，媽媽絕對不會放棄，所以，請活著回來。

必再相見。

老鼠送來的簡短紙條。那一句話不知道帶給自己多大的勇氣。必再相見。

如此強韌又凜然的簡短訊息，支撐著將要崩潰的心。

老鼠，我能擁抱到你嗎？我可以將你跟紫苑一起擁入懷裡嗎？我可以相信能夠在這裡等著你們，對吧？

吃完最後一片，克拉巴特雙手合十，點了點頭，然後往房子的角落跑去，一下子就消失在火藍的視線裡。

「牠走了。」

莉莉癟著嘴問：

「再也見不到了嗎？」

「不，會再見，一定會。好了，我們要開店了，今天會很忙，就拜託妳囉！莉莉。」

「好的，店長，我一定不會讓妳失望。」

莉莉調皮地敬禮。火藍笑著打開店門。

火藍抬頭望見天空，清澈的藍滲透進來。雖然風很冷，但是應該會是個大晴天。

應該會是個好天氣……

蠕動。雞皮疙瘩都起來了。

啥？什麼？

火藍不自覺地用雙手環抱自己。好冷，從身體內側冷出來的感覺。雖然只有一瞬間，但是足以讓她的臉部緊繃、手腳僵硬，身上的毛髮也豎立了起來。

蠕動、蠕動、蠕動。

某種眼睛看不到的東西靠了過來。

旁邊有拿著市旗的人們聊天走過。是參加徒步活動，從下城關卡走到市政府的人們。裡面有幾名曾見過的人，有人向火藍打招呼、有人納悶地看著火藍、有人聞到飄在路上的點心香味，因此佇足。有牽著小孩的父親、有年輕情侶、也有一頭白髮，戴著帽子的老婆婆。

徒步到市府前，然後直接參加典禮。途中市府會發給每位參加者一個餐盒，因此所有人都帶著柔和的笑容，彷彿參加假日踏青一樣。

火藍只是呆站著。

蠕動、蠕動、蠕動。

雞皮疙瘩都起來了。火藍顫抖著身體抬頭望著天空，蔚藍的天空。彷彿藍色玻璃般的冬日晴空一望無際。那裡，那片天空裡有些什麼存在著，火藍這麼覺得。

看不見，聽不到，只是感覺。

有些什麼在那裡。

有些什麼會來。

二〇一七年，「神聖節」。

時間不明，西區廢墟一室。

借狗人醒了。

不知道是什麼時候睡熟的，真稀奇，幾年沒睡這麼熟過了呢？也許從吸母狗奶的嬰兒時期開始吧……

在西區，死亡總是隨伺在側，暴力、搶奪可說是家常便飯。就算這個廢墟，也難保不會有一天被強盜們持武器入侵。不能因為有狗在就安心，借狗人非常清楚自己生活的環境有多惡劣、多恐怖。所以他從不熟睡，不論深夜或黎明，他總是繃緊神經，以求在第一時間察知逼近的危險，彷彿野生的小動物。

然而，剛才，他卻睡得很熟。應該只是很短的時間，但是他卻睡得不醒人事，連自己也難以置信。

是太累了嗎？

借狗人撥了撥劉海。為了即將發生、即將讓它發生的事情，肉體勞累，精神更是疲憊。絕對是這樣，因為他已經緊張到胃痛了。

都是你們兩個害的，我可是累死了，你們知道嗎？這兩個討厭的蠢蛋！

借狗人對著紫苑跟老鼠的幻影露出惡人惡相。老鼠依舊面無表情，紫苑則是縮成一團，似乎很抱歉的樣子。

借狗人再次撥撥劉海。打了個大哈欠，接著轉動脖子。

咦？

身體出乎意料地輕盈，空腹卻不會痛。睡得很熟，甚至覺得身體活力十足。

並不是因為太累，所以睡覺，而是為了儲備能量，所以需要睡眠嗎？

什麼嘛，原來我這麼期待啊。

嘖……一扯上老鼠跟紫苑，就會懷疑自己的本意在哪裡，埋在心底深處的想法會突然冒出來，可惡到令人咋舌。雖然如此，也很爽快。

我還滿有興趣的嘛！

吹著口哨。腳邊的黑狗抖了抖單邊的耳朵。

表示我跟他們一起下定決心要對抗了嗎？

那代表相信。

我相信他們、相信未來，更相信我自己……這麼一回事，對吧？果然是……

巨大的噪音將借狗人從冥想中拉回現實。力河裹著毛毯，驚天動地地打著呼，身旁散落著幾瓶酒瓶。每打一次呼，就把酒臭味散布在空中，噁心死了。

「真是的，大叔，你真是和『理想的成熟大人』完全相反呀。」

借狗人哼了哼，接著望向房間的角落。趴在地上睡的狗兒之間，露出紫色的毛毯。那是力河送給嬰兒用的，力河很得意地說是配合嬰兒瞳孔顏色，但是看在借狗人眼中，卻覺得是品味很差的刺眼色調，跟小紫苑眼睛的顏色一點也不相同。不過嬰兒用毛毯在西區可是罕見的稀世珍寶，所以借狗人還是不客氣地收下了。

「小紫苑？」

嬰兒安靜無聲，連酣睡聲都沒有……借狗人一驚。

喂，該不會……

在環境惡劣的西區並不是所有嬰兒跟幼兒都能存活下來，餓死、凍死、病死、意外死，還有被殺害都很常見，也會暴斃。雖然死亡的型態常常在變，但是總是隨時隨地四處徘徊，尋找獵物。脆弱的嬰兒正是最好下手的目標。

「該不會死了吧？開什麼玩笑啊！」

借狗人將嬰兒連人帶布抱了起來。

神似紫苑的深紫色眼眸閃閃發亮，感覺就像看到漆黑的暗夜，是黑與黑重疊的深處突然出現的暗夜之色。小紫苑眨眨眼，厚厚的嘴唇彷彿想要吸奶似的蠕動著。借狗人鬆了一口氣。

「活著嘛，小紫苑，別嚇人啊！」

紫色的眼眸望向旁邊。小紫苑在借狗人懷中轉動身軀，差點掉了下去，借狗人急忙把他抱好。不哭、不笑，筆直地看著什麼的嬰兒，感覺好像抱著不可思議的生物。

「怎麼了？你在看什麼？」

小紫苑的視線不是在看這裡，而是其他地方，某個遙遠的地方。究竟是哪裡，借狗人無法理解。

「小紫苑……」

到底是怎麼回事？為什麼露出那樣的眼神？你看到了什麼？小紫苑。

一股無法形容的不安襲來，借狗人用力抱緊嬰兒。

風在廢墟上空呼嘯而過。

5 各種欲望之中

我究竟是誰？一個尋求幸福之人。
我在各種欲望之中探尋幸福，卻一無所獲。
如同我這般過完一生之人，沒有人找尋得到幸福。
（迎著光，向光明邁進　托爾斯泰《Leo Tolstoy》）

被遴選為再生計畫團隊的主要成員，是在我剛滿二十歲的那個夏天。

我出生的時候，這顆星球已經陷入危機。一次又一次的戰爭、污染、大自然的破壞，讓地表上超過五成的區域成為已經無法讓人類生存的廢墟。

地球暖化導致新興傳染病肆虐，氣候異常到無法預測，還有國與國之間、種族與種族之間不斷地戰爭、使用核子武器……

當發現時，人類已經被逼到即將滅亡的地步。搞到那步田地，殘存下來的人終於開始反省自己的愚昧行為。

國家的界線早就被打破，那麼就再一次重生吧，這次一定不能再犯跟過去同樣的錯誤。

在這顆星球上，勉強殘存下來的人們跨越人種、國籍、民族的隔閡，發誓要保持和平與協調，簡簡單單地活下去。

於是，六個都市誕生了。

人類能夠生存的區域並不多，半數的人類也已經死亡。人們聚集在有限的區域，慢慢建造各自的都市。

這裡原本也有都市。

是一個美麗的都市。原本這一帶保有豐富的大自然，被視為奇蹟。雖然沒有大海，但是有翠綠的森林、湖泊、草原。沒錯……真的是奇蹟。彷彿遭到破壞的瓦礫堆上盛開的玫瑰，是一個奇蹟般的優美之地。

那裡建造了都市，人們謹守誓言，安分過日子。

我出生在那一個都市。我生在那裡、長在那裡，後來成為學者。

你母親也是哦，紫苑。

老人微笑地這麼說。

「我母親嗎？」

「對，火藍也是出生在那個都市，在那個都市生活。」

「你跟我母親是什麼關係？」

老人笑得更燦爛，彷彿少年的笑容。

「青梅竹馬。」

「啥？」

「我跟火藍是青梅竹馬。雖然我的年紀大很多，不過我們常常玩在一起。火藍很會爬樹，不論再高的樹也難不倒她，我總是心驚膽跳地看著她爬樹。嗯，美好的回憶。她是一個個性闊達又漂亮的少女，沒想到她已經有這麼大的兒子了……」

「紫苑的母親不重要。」

老鼠插嘴說：

「還是，你跟火藍相戀，後來生下了紫苑。你們之間發展成這樣嗎？如果是的話，那還有點意思。」

「老鼠！」

老鼠聳聳肩，瞄了一眼紫苑。

「三流肥皂劇的劇本大都這麼寫啊。老，麻煩你說快一點，就像你說的，我們沒有時間了。那裡有都市，你生在那裡、長在那裡，後來成為學者，然後被遴選為再生計畫團隊的一員。從那時候起……齒輪開始出現問題了嗎？」

老人倒抽一口氣。

「你這麼認為嗎？」

「對，再生計畫聽起來就很可疑。要再生什麼？打算讓什麼重見天日？不，其實答案昭然若揭。都市整備地一天比一天完善，人們的生活也安定了下來，從與死亡、滅絕並存的日子中解放。隨著時光流逝，你們忘記曾犯過的錯誤，拋棄誓言，期望自己能再一次成為地上的統治者。那個再生計畫就是為此而設的。我想被選中的都是優秀的年輕人吧？為了更加發展、為了更加強盛、為了更加富裕的計畫啟動了。我說錯了嗎？」

老鼠蹙起眉頭。厭惡與憎惡在端正的側臉上形成陰影。他憤憤地說：

「愚蠢！」

這一句話如同鞭子狠狠地打在老人身上，讓他全身顫抖、僵硬。

「重蹈過去的覆轍，是最愚蠢的行為。你們渴望支配，踩著周邊的人事物企圖繁華自己，結果在彷彿遭到破壞的瓦礫堆中所盛開出玫瑰一般美好的土地上，出現了醜陋的怪物，那就是NO.6。」

為了更加發展、為了更加強盛、為了更加富裕，尋尋覓覓的結果，是創造了NO.6嗎？

紫苑也起了寒顫。

「那是一瞬間的事情。」

老人嘆息著說：

「那個都市以驚人的速度發展，直到今日，我還是常想我是不是在作噩夢。」

「是現實，是你們創造的、毋庸置疑的現實，不是嗎？老，那個再生計畫團隊的核心人物裡面，有目前掌握NO.6中樞的人在，是不是？」

「大家都在，大家都是年輕又優秀，而且各自懷抱著確實的理想。」

「就是照片上的那些人嗎？」

「對，不過那並不是所有的人。那是……火藍來我研究室玩時所拍的照片，我記得是一名來採訪的年輕報社記者拍的。他也是一位有使命感、有理想的媒體工作者。」

「現在只是一個酒精中毒的大叔，使命感我看連灰燼都不剩。不過即使如此，那位大叔還是強過你們千百倍。他就算沉迷於酒精之中，也不會拿自己的理想開玩笑。各自懷抱著理想？結果就是這個嗎？」

「老鼠……這點請你相信，我們的確試圖要建造一個桃花源，一個與戰爭、貧窮無緣的樂園……到底是哪裡出錯了呢……」

老鼠嘲笑著說：

「人無法成為神，人也無法建造樂園。你們以為自己能夠成為神，成為創造主，以為自己萬能。從那一瞬間起，你們就已經沉淪了、墮落了、齒輪開始逆轉了。你們不聽別人的想法與感嘆，也看不見痛苦與悲慘，你們的眼裡只有自己的理想，不，只有想要滿足欲望的貪婪而已。為此，不論做什麼事都能被允許，不，你們甚至覺得不需要別人的允許。什麼樂園！結果是創造出一個被特殊合金圍起來的怪物，傲慢又殘忍的怪物，把周圍變成了地獄！」

老鼠的話毫無溫度，帶著淡淡的冷漠。然而，紫苑卻能感受到老鼠內心糾纏的激動，彷彿業火❷熊熊燃燒的聲音。

「我發現的時候……NO.6已經開始變質了。圍起高牆與四周隔離、吸光周圍的資源，只打算滿足牆壁內側、絕對的權力誕生，而支配那股權力的組織不斷地成長。」

「你因為太熱心於自己的研究，所以什麼也沒察覺？這並不能減輕你的罪孽吧？」

「當然，我的罪孽深重，因為我站在……殘害你家人與同伴的這一邊。」

「什麼！」

紫苑非常驚訝，交替看著老鼠跟老人的表情。

「果然我沒猜錯。」

老鼠輕聲說。用著跟剛才完全不同的口吻，一種沒什麼把握的聲音。

「原來我沒猜錯，果然如此。我知道你被NO.6放逐，才會成為地底下的人，也隱隱認為你是NO.6誕生的決策人物，但是那場屠殺……我一直不願意去聯想你跟那場屠殺有關。」

「屠殺?老鼠,什麼意思?」
「那就是NO.6歷史中的一部分,『麻歐大屠殺』,有超過百人被殺害。」
「麻歐大屠殺……」
「你沒聽過吧?」
「沒有……今天第一次聽到。」
「沒什麼好覺得丟臉,大家都不知道,除了加害者與被害者之外。也許那是NO.6首次將醜陋的一面暴露出來的事件,所以要隱瞞,沒有留下任何紀錄。但是,記憶是抹不掉的,絕對不會褪色,也無法被燒掉、抹去。」
「什麼時候的事情?」
「十二年前。」
「十二年前!我已經出生了。」
「早就已經出生了,而且還被認定為菁英候補,住在『克洛諾斯』的房子裡。當時的你應該是一個聰明可愛的小乖乖吧。」

❷譯註:佛教稱地獄中燒煮地獄眾生的火。由於這些火都是地獄眾生的惡業所招引的,故稱為「業火」。

紫苑抓住老鼠的手臂問：

「告訴我，究竟發生什麼事了？誰被殺了？是『真人狩獵』嗎？是在西區嗎？」

「不是。」

「那是在哪裡？」

「森林裡。」

「森林？北邊那片森林嗎？」

老鼠拍掉紫苑的手。在同一時間轉身，狠狠扣住紫苑的手臂。

「你聽清楚！」

老鼠的氣息劃過耳際，好冰。

「我告訴你。」

放開手臂的指頭壓著紫苑的喉嚨，沿著蛇行的紅色痕跡慢慢滑動。

「你有紅色的痕跡，是寄生蜂送給你的禮物，對吧？」

「嗯，雖然不是個很受歡迎的禮物。」

「我也有，NO.6恩賜的禮物。」

「啥？」

老鼠脫掉襯衫，半轉身讓紫苑看他的背。紫苑感覺喉嚨深處被堵住，無法呼吸……

「老鼠，這是？」

從肩膀到腰的細嫩皮膚上，有個凸出於腰間的瘡疤，差不多大人的手心大小。只有那裡是類似一斤染❸的淡粉紅色，生成傷痕，與周圍滑嫩的肌膚形成對比，非常突兀，彷彿攀附著巨大的蜘蛛。

「傷疤嗎……？」

「對，十二年前收到的禮物。」

紫苑伸出手觸摸那看起來也像是蜘蛛頭部的地方，他用指腹沿著痕跡的輪廓滑動。老鼠並沒有拒絕，他接受紫苑指尖的動作，彷彿雕像般一動也不動。

「我……一直沒發覺。」

紫苑不由自主地嘆氣。

❸譯註：一斤染：日本的古色名稱，紅色系，類似英文的pale pink（淡粉紅色）。

不論是四年前幫他處理肩膀的傷時，或是這幾個月來的朝夕相處，他都沒有發覺。是因為老鼠巧妙地隱藏嗎？

「那是當然。」

老鼠突然彎腰撿起襯衫。

「為什麼我要給你看？這可是要裸體才看得到耶，你也不喜歡被我脫光光吧？雖然我是看過一次。」

「但是……但是……」

我希望你讓我看。

我多麼希望你早點讓我看到這個傷疤，希望你告訴我跟那個有關的過去。我多想問你為什麼一直瞞著我？為什麼不告訴我？然而我卻沒有追問的資格。所以我才希望你能對我坦白，早點對我坦白……

如果是我自己的話，我會怎麼做？我會將自己的肉體、精神、傷痕、心情全都攤在你面前。事實上我也全都攤開來了。

老鼠並沒有全然相信我，並不認為我是一個可以交付所有的對象。

這樣的隔閡，這個鴻溝如何才能消除呢？

紫苑用力咬緊牙根。

算了，現在沒有時間討論私情，情況緊急。這點自己還知道。

傷疤，傷痕的異常隆起。這是火燒的嗎？

「被燒的。」

彷彿看穿紫苑的思緒，老鼠用沙啞的聲音這麼說著。那個聲音化成衝擊，狠狠撞上紫苑。

「被燒？……被燒是什麼意思？」

「字面上的意思啊。某天攜帶火器的士兵突然闖進來，燒光我們。」

眼前出現滿天通紅的火焰。

燒光我們……

老鼠站在紫苑面前開始述說，以一種幾乎不帶感情的淡淡口吻。

「我們呢，紫苑，被稱為森林子民。NO.6……不，在NO.6的前身薔薇之城出現的遙遠以前，就已經以森林為家了。我們跟風、大地、湖水、天空、各種動植物都相處融洽。從以前開始就是這樣。」

老人的手顫抖地舉了起來。

「他說得沒錯，紫苑，這塊土地上原本有森林子民居住，那裡保留著真的可以說是奇蹟的大自然。」

「森林子民是怎樣的一群人？」

興奮……自己正往老鼠的真實跨進一步。

「生在森林、活在森林、善用森林、長久以來守護著森林的一群人。他們跟風、水、樹木、小草都能互通心靈。他們跟我們有不同的、完全相反的生活方式。不渴望繁榮及發展，只希望能靜靜地生活在大自然的規律之中。這塊地因他們而被守護下來……就是這樣。」

老人深深嘆息，然後低頭。每吐出一口氣，就覺得他的身體萎縮了一圈。

「那是一座豐富的森林……有大小各種動植物棲息，有四季，花朵盛開、結果、枝葉茂密……生命在那裡孕育，綿延不絕。」

「但是NO.6破壞了那一切。」

老鼠的聲音變成了呢喃聲，優美的呢喃聲搖晃著鼓膜及心靈。

「紫苑，我想你應該沒發覺吧？在你出生的那時候，NO.6還繼續對外擴張，他們企圖把適合自己生存的土地全都併吞，全都占為己有，不留餘地。為了這個目的，他們認為我們是絆腳石。我們是森林子民，只遵守森林的規律，根本不管其他東西，因此拒絕臣服於NO.6。那個時候，牆壁正快速地形成，只有銀色牆壁內部的人被當作人對待，外部如何遭到侵犯、破壞都無所謂。這變成了NO.6的法則，然後他們遵從這個法則，全面侵略森林，強搶豪奪。你聽得懂我講的話嗎？」

「懂。」

「那你能猜到我接下來要講什麼嗎？」

紫苑點頭。頸部的骨頭傳來咯咯聲。

「NO.6的軍隊……襲擊了你們的部落。如果不臣服……那就全部毀滅……」

「沒錯。你的洞悉能力越來越好了嘛！」

紫苑撫著胸。現在不是興奮的時候。心跳加速，彷彿連呼吸都困難。

「那個時候……你在做什麼……」

「睡覺。事情發生在晚上，我還小，太小……很多事情都不記得了。我不記得母親的模樣，也不記得父親的聲音，只記得好熱，還有四處肆虐的火焰的顏色……我記得，我記得哦，紫苑。」

「部落整個被燒毀了……對嗎？」

「燒了、殺了，不論男女老幼。連人帶房子燒，如果有人逃出來就射殺。不能想像嗎？你可是經歷過『真人狩獵』的，NO.6就是不斷地重複製造那樣的地獄。」

能夠想像，眼前浮現殘忍的虐殺情景。明明被「真人狩獵」逮來，被丟進黑暗裡，一路走到這裡來，明明一直站在老鼠身旁，明明身處被虐殺的人群之中，但是浮現的情景裡，卻是自己站在殺戮的這一方，用火焰噴射器朝著老人、小孩、男人、女人噴射火焰。

冒汗。

噁心。

「你得救了，雖然被火燒傷……但是你得救了。」

「一名老婆婆，我不知道那個人是不是我的親奶奶，她抱著我拚命逃，因為那個人的好心，我撿回一條命。」

「你的家人全都……」

「沒有人倖存。」

吞了口口水。是苦的，好苦。

「NO.6侵略、破壞你們的森林，擴張了領土，是嗎？」

「沒錯，正好是機場那附近。那一帶散落分布的樹林是森林的殘渣。他們想要建造跑道的土地吧，虐殺過後幾年，NO.6的牆壁就幾乎建造成現在這個樣子了。」

汗水滑落臉頰，嘴裡還殘留著苦味。

「還有後續……」

老鼠說：

「剛開始我被收容在這裡，在這個監獄地底下的緣由。」

「嗯……告訴我。」

嘻……

老鼠唐突地笑了起來。爛漫，卻有點嘲諷的感覺，一種老鼠特有的笑容。

「從你臉上看不出你想聽耶。整張臉毫無血色，慘白呀！」

「我要聽……我想聽。老鼠，我想聽你講完，我覺得……我必須要聽。」

老鼠抓住紫苑的下巴說：

「真心？」

「我答應過你，絕不再對你說謊。我有遵守，而且……如果可以的話……」

「如果可以的話？」

「我也不想欺騙自己。」

「有志氣。」

老鼠放手。一度回到嚴肅的臉龐上再度浮現笑意，完全不帶諷刺或冷淡的笑，看起來甚至有點溫柔。看到老鼠的笑容，紫苑突然覺得放鬆。頭暈，腳下的地板彷彿消失，整個人像飄浮在半空中，而且全身發冷。

貧血。

「紫苑？」

「沒事。」

紫苑張開雙腳，支撐快要倒下去的肉體。

怎麼能在這個時候倒下去！

接下來、接下來才是重點……我要聽，我要好好聽清楚事實。紫苑閉起眼睛，眼簾裡還是滿天的烈焰，在火焰中跌倒在地的人們。他甚至連垂死掙扎的吶喊聲都聽得到，肉體燒焦的味道都聞得到。

我站在殺戮者這一方嗎？

十二年前，我住在「克洛諾斯」，在舒適的房子裡吃著美食，睡著乾淨的床。老鼠被燒，差點被殺死的那個時候，我正衣食無缺地活著。

誰能斷言那不是罪？就算還是稚子，我仍舊身處加害者這一方的世界，這是無可動搖的事實，我站在NO.6這一方，而不是老鼠那一邊。誰能斷言那不是罪……我能斷言那不是罪嗎？

黑暗天旋地轉，老鼠的身影越來越模糊，聲音越來越遠。

一隻手從腋下穿過來支撐著身體。

「夠了，紫苑，到此為止吧。」

老鼠用力支撐著紫苑，那樣的觸感把紫苑的意識拉了回來。

「你啊……不過我也是，我們都很累了。一直保持著緊張的情緒，從太過嚴苛的經歷裡逃了出來，疲勞也到了極限了吧。夠了，休息吧，好好休息，要不然你的心臟會停掉。」

「……歌……我沒聽見歌聲。」

「啥？」

「就算我意識模糊，也無法像你一樣……聽到歌聲，我……聽不到。」

「紫苑。」

「我……聽不到。」

「紫苑，你看著我！」

紫苑抬頭，灰色的眼眸裡只有風平浪靜的溫柔。

「我以前也說過，我是我，你是你，我們不一樣，也無法變成一樣。但是我們能夠像這樣彼此幫助。是彼此哦！你剛才幫助我，餵我喝水，明明自己也渴得要命，但是你一點也不保留地全餵給了我。紫苑……你生在牆壁內側，我活在牆壁外側，這是沒辦法改變的事實。是現實，沒人能夠改變……但是，在對方快支持不下去時，立刻伸出手來想要支撐對方，也真的付諸行動，餵對方喝水、保護對方，這也是我們的現實。」

「老鼠……」

「我並不是要苛責你，也沒有要斷定你的罪。我……一點也不希望讓你痛苦。對不起……我應該多想想你的狀況。」

眼球深處有股溫熱的東西冒出來，在還沒成聲之前，淚已滑落。

不像話，居然哭了，真難看……

紫苑咬緊下唇，想要忍住眼淚，沒想到哽咽聲卻從緊咬的齒間溢出。

不要對我這麼溫柔，不要向我道歉。你可以再逼問我、再苛責我，判我的罪也沒關係。如果不這麼做，我會依賴你，依賴你所說的現實，無止盡地赦免自己。因為我還是如此脆弱……

紫苑無法控制自己的感情，拉到緊繃的神經一旦放鬆，就沒那麼容易復原。眼淚不顧紫苑的意思，無止盡地滑落。

「別哭。」

老鼠伸手拍打著紫苑的背。

「哭什麼，你又不是小嬰兒。你沒有罪，該贖罪的是大人，孕育出那個怪物、把它養到這麼大的大人們才需要贖罪。對吧，老？」

「對，所有的過錯都在我們身上。」

「那麼，你有什麼過錯？你犯了什麼罪？」

「我製造了虐殺的因。」

空氣彷彿凍結了，老鼠撐在紫苑腋下的手微微地顫抖著。

「那場虐殺並不是為了確保建造跑道的土地，而是為了擁有愛莉烏莉亞斯。」

愛莉烏莉亞斯，偉大的王。

「我們應該沒有王，至少在我的記憶裡沒有，我也沒聽過那個名字。」

「那是當然，因為名字是我取的，你們並沒有給她名字，但是你們尊敬她，如同其他的大樹、太陽、月亮一樣尊敬她、害怕她。沒錯……害怕……她有一種能力，一種我們跟你們都沒有的能力，我想那是人類無法擁有的能力。所以NO.6想要她、想要她的能力。老鼠……你們很清楚她的能力，你們敬畏她，從未想過要利用她繁榮自己。這就是你們跟我們的差異。我跟那場虐殺並沒有直接關聯，雖然這並無法為我自己脫罪。」

「我只聽事實，你的角色是什麼？」

「我……我在那片森林裡遇見愛莉烏莉亞斯，發現她的能力，向上級報告。可以說是迷上了她吧？我一頭栽進去，提出跟她有關的龐大研究報告，NO.6的高層也非常感興趣，撥了充裕的研究經費下來。我被稱為稀世學者，名譽與財產讓我飛上雲端。啊……」

老人停了下來，視線懸在空中一瞬間。

「怎麼了？」

「我突然想到……那個時候火藍跟我說過，她說：『你很恐怖，臉上的表情非常恐怖又危險，雖然我不知道為什麼，但是我覺得你好恐怖……』我到很久以後才了解她的意思。對……我自己並沒有發覺……對於自己的變化跟NO.6的轉變都沒有自覺……連火藍的恐懼也一笑置之，根本不知道自己已經捨棄理想，偏離原本的規劃。而那個時候……NO.6的統治機構已經成形，一步步邁向牢不可破，台面下的軍備也已逐漸完善，巧妙控制人群的統治系統也慢慢出現。我不知道……完全沒有察覺。我還一直深信，深信……」

「NO.6是桃花源？」

「對。以永續非戰、和平為基礎，不擁有任何武器，與世界接軌，保障所有人類的生活，尊重每一個人類為一個人。NO.6與世界，科學與自然，理想與現實沒有任何矛盾，和平共存。我這麼深信著，深信，然後埋頭研究……結果招來了悲劇。我根本沒想到NO.6居然擁有軍隊……更沒想到……他們會發動軍力，侵略周邊世界。虐殺過後很久，我才知道這個事實……我非常驚慌失措，深受衝擊到全身僵硬。那個時候我才了解火藍所說的意思，我滿足於工作上表面的成就，完全封閉自己的感官，我發現自己是一個毫不關心周遭發生什麼事的遲鈍之人，而且變成了既愚蠢又危險的人。我發現之後，向高層要求公布虐殺的事實，這是我僅能做的抗議。」

老鼠覺得很可笑地搖搖頭說：

「你以為他們會接受？」

「對。」

「太天真了。」

「我以為我們是夥伴，我以為我們不是執政者跟學者的關係，而是共同擁有創造理想都市的希望與理念的夥伴。」

「於是你強烈抗議，結果被以叛逆份子的身分遭到逮捕，限制自由？」

「對……不過他們並沒有殺我。」

「原來那些傢伙也有良心。」

「不……不是。」

老人單手撫摸著自己的膝蓋。

「因為我的身體變成這樣，所以他們認為不需要殺我吧。紫苑……」

「是。」

「你看這個。」

老人伸出手，捲起手上的布。

「……」

站在紫苑身旁的老鼠有點動搖，而紫苑本身也倒抽一口氣，探出身子來。

從手肘到肩膀上浮現出一條紅色帶狀痕跡，跟紫苑身上的一樣蛇行，不過感覺比紫苑身上的黑。

「這是……寄生蜂的……」

「現在我可以肯定是了，我的體內一定殘留著無法羽化的蜂的殘骸吧。當時我被市當局軟禁，有一天突然在房間暈倒，失去意識。復元之後，皮膚就出現這樣的異常變化……雙腳也接近壞死。」

「腳……」

「你是頭髮的顏色，而我失去了雙腳，這是活下來的代價。只是，當時沒有人能確定原因，包括我……在今日也許是最佳的研究材料，但是當時高層並沒有那麼冷靜的餘力。他們正忙於架構統治機構吧，而且監獄也還在建造中。我失去了雙腳卻撿回了一條命，被關進地下洞窟，後來直接被切割、捨棄了。紫苑，我是NO．6最初的寄生蜂宿主，苟活下來的人。」

「如果是這樣，老……」

老鼠揚起下巴，筆直地盯著老人，目光炯炯。

好堅強……

老鼠還能完整保有自己，掌控自己的感情與理智。紫苑用手背拭淚，然後握緊那隻手。老鼠說我們無法變成一樣，也許沒錯，但是卻可以靠近。

我想像他一樣堅強，我想保有自己，我想一直是自己。

這不是希望，不是祈願，是對自己的誓言。

總有一天我要變強壯，我一定要讓自己獲得不再無止盡赦免自己的堅強。

老鼠指著天。

「如果是這樣的話，老，上面應該會找你吧？他們也該發現都市內部的異常變化了，也許正慌張失措，再怎麼傲慢的眼睛也該面對現實了，你不覺得他們會來尋求你的協助嗎？」

「不可能。我的研究室全部被沒收了，他們應該全部解析完了吧，我沒有任何利用的價值。我老了，我會在這個地底下度過餘生，迎接死亡。這是我現在唯一的希望，我沒有改變現實的能力，也沒有那個意思。不過，我很清楚一點，接下來會在NO.6發生的事情，會比你們所想像的還要具有恐怖的破壞力，會有很多人因此喪命。能阻止這一切的，不是我，也不是NO.6，而是你們。」

「阻止？死跟破壞？為什麼我要阻止？那是我求之不得的事情。」

「老鼠，死的是市民，不論大人、小孩全都會死。你要視而不見嗎？」

「不行嗎？」

「你說紫苑沒罪，一點也沒錯，同理，現在住在牆壁內側的孩子們有什麼罪？明知道孩子們會死，卻袖手旁觀的話……袖手旁觀的人……全都是……」

老人挺直腰桿，迎上老鼠的視線，說：

「虐殺者。」

老鼠微微呻吟。

「這話不是我能說的，但是，我還是要說。老鼠，你是虐殺下的倖存者，所以你不能站到加害者這一邊，你不能變成跟你憎恨的對象一樣。」

「……」

老鼠沉默著。紫苑往前邁開一步問：

「我們該怎麼做呢？我們能做些什麼呢？」

都市內部裡有母親、有鄰居的孩子莉莉，還有她的家人。有每天早上來買餐包的學生，也有上班途中互相打招呼的勞工。

不知道為什麼，莉莉的臉重疊上在西區認識的那個叫火藍的少女。

不行，不能被殺。

「我不知道，我不知道該做什麼才能防止悲劇發生……你們只能照著自己的心去做了。如果是你們的話，如果是你們的心的話，一定能帶領人類從滅亡走向拯救之路。我這麼認為，強烈地這麼認為。紫苑。」

「是。」

「這個拿著。」

老人摩擦扶手，出現一個小抽屜。他從裡面抓出一個東西，交給紫苑，然後嘆了不知道是第幾次的氣。感覺他好像急速老化了，年輕眼眸裡的燦爛光輝早已不復見。

「這是晶片？」

「對，我的研究幾乎都在裡面，寄生蜂的事情、愛莉烏莉亞斯的事情、森林子民的事情……全部。救出你的朋友之後，你打開來解讀吧！」

「我……嗎？」

「就託付給你了。好了……我累了，好久沒說這麼多話了。我累了，想休息。」

就託付給你了，你去找答案，拜託你找出答案，找出正確答案。

彷彿聽到老人沒有說出口的話。

謎團還很多。

這個地底世界形成的原因、老鼠來這裡的緣由、從這裡離開的理由、相遇之前發生的所有事情……這些都是迫切想要知道的事情，不過就暫時將提問的話留在心底吧。

知不如行，現在正是這樣的時候。

吱吱吱！吱吱吱吱！

老鼠們突然騷動了起來，紫苑腳邊的溝鼠發出威嚇的聲音。

嘰嘰嘰嘰！嘰嘰嘰！

有聽過的聲音，這是……

「是月夜，老鼠，月夜在這裡。」

「我知道，真是的，你居然能分辨出小老鼠的叫聲。」

老鼠將手指放在唇上，吹出高亢的口笛聲。

嘰嘰嘰嘰！

黑毛小老鼠如同從岩壁滾下來一樣，衝了下來。

嘰嘰！

溝鼠跳了起來，衝向月夜。

「住手！」

紫苑的喝斥讓溝鼠停止了動作。

「牠不是獵物，牠是我們的同伴，放了牠。」

溝鼠抬起壓制著月夜的腳。黑色小老鼠如同彈簧般跳了起來，爬上老鼠的身體。

「辛苦了，是借狗人要你傳話嗎？」

月夜點頭。小小的身體四處都是傷痕，還滲著血。

老鼠仔細聆聽月夜的叫聲後，倒抽了一口氣。

「地面上全都準備好了，我們也得加快腳步。老，雖然我很想問清楚一點，但是沒時間了，我們要走了。」

「走吧，有什麼需要嗎？」

「請給我們水跟食物，我們已經餓到頭暈了。」

「馬上幫你們準備。毒蠍，給他們想要的東西。」

「在這之前……」

毒蠍站到老鼠身旁說：

「老鼠，我有話要問你。」

「什麼？」

「你該不會想用小型炸彈破壞那道門吧？如果那麼做，連這裡都會崩毀。」

老鼠很故意地蹙起眉頭回答說：

「毒蠍，我們可是走監獄的後門關卡進來的耶。那道關卡上裝有炸彈偵測裝置，雖然是舊式的，就算小刀、小火器能混進來，小型炸彈是絕對不可能的。要是可以的話，我會背它個上百顆進來。」

「那就好，只要你不會把我們捲進去，那就沒關係。」

「你懷疑我？」

「不知道你會做出什麼事情來，你是個危險人物。」

「喂、喂，惡魔不是紫苑嗎？」

「惡魔不會哭。」

毒蠍瞄了眼紫苑。

「惡魔才不會哭成那樣。」

被這麼一講，紫苑臉都紅起來了。好丟臉……

「我只是覺得不可思議。居然能哭得那麼毫無防備，真是不可思議。」

「不是、就、我、我只是、累了……神經太過緊繃，如此而已……我不是每次都會哭成那樣……」

空氣有了些微顫動。

因為毒蠍笑了，第一次看到他的笑容。

「你真有趣。說不定……你比老鼠還要更可靠。」
一隻溝鼠爬上紫苑的肩膀，鼻尖往紫苑身上靠近。
「這傢伙也說你比較可靠。」
「那是什麼話！」
「走了，紫苑。」
老鼠咋舌，然後用下巴指了指。
「嗯。」
「老，再見，我想這是最後一次了，這次我真的不會再回到這裡來了。」
「那很好，因為你是活在地面上的人，該活在風與光之中。我祈禱我們從此不再見，不，你不需要祈禱這種東西吧……」
「不需要。」
「啊……老，我也走了，雖然我還有很多問題想問你。」
「剩下的你自己去找答案吧。託你的福，我想起了火藍。但是，你不需要告訴她我的事情，你也忘了我吧。再見，紫苑。」
「再見。謝謝你。」

紫苑邁開腳步。

回頭一看，蠟燭已經熄滅，背後籠罩在一片黑暗之中。

急救燈亮了。

進入監獄內部的門在月藥面前開啟了。他往裡面踏進一步，整潔的白色牆壁與走廊綿延著。

「真是的，這究竟是怎麼回事？嘖！」

月藥一走進整排管理系統裝置的房間，馬上就遭到斥責。

「為什麼這個清掃機器人不但不打掃，還四處亂丟垃圾、散布惡臭？你究竟有沒有好好維修啊！」

身高、體型都有月藥一．五倍的男人大聲叫囂。

「對不起，這台機器的狀態不太好，只是我沒想到居然會發生這種事。」

「不用解釋了，快點收拾乾淨。」

「是。」

「臭死了。」

長髮女人扭曲著一張臉，摀著鼻子。

「我沒有辦法在這麼臭的地方工作。」

她含淚走出房間。走出去時，不知道是不小心還是故意，踩了月藥右腳一腳。她非但沒有道歉，甚至連看也不看月藥一眼。

房間裡有透明的牆壁，將房間分為幾個部分，越往裡面，管理系統的重要性越高。現在月藥所站的地方在門附近，這個地方俗稱「人體模型」，主要管理空調系統，是重要度較低的部署，所以才能輕易地叫他進來吧。

「真的很抱歉。」

月藥握著吸塵器，清理散落在地板上的垃圾。

「真是沒用的傢伙。像你這種清潔員隨便找都有，下次再犯這種錯誤，馬上就解雇你！啊！真臭！受不了，噁……你那是什麼眼神！」

「沒有。」

月藥低頭。

「你對我有什麼不滿嗎？不過是個下城的居民！嘖！」

男人一腳踢上月藥的小腿，月藥一個不穩，狠狠地撞上桌角。

「你在那邊磨蹭什麼！快點打掃！」

風在腦海中舞動。不，是狂風亂吹。

發出呼嘯的聲音。

可惡！

月藥喃喃地罵。

可惡、可惡、可惡、可惡！

這是什麼傲慢的態度?!為什麼我要被那種傢伙罵？我可是在工作，一直以來我都認真且誠實地完成我的工作。呃……雖然偷賣了一些東西，但是我可沒造成任何人的困擾。如果沒有我，你們就會被垃圾埋起來耶！臭什麼臭，髒什麼髒，還不是你們自己製造的！開什麼玩笑！把我當狗看……住哪裡有關係嗎？我是人，不是狗。

受傷的自尊轉換成憤怒，憤怒充斥著月藥的心，把他最後一點躊躇抹得一乾二淨。

腦海中浮現借狗人褐色的臉。

他們根本不知道你工作的辛苦與價值，只會威嚇你、瞧不起你。如何？嚇嚇那些傲慢的傢伙也不為過吧？

你說的沒錯，借狗人，一點也不為過！

月藥瞄一眼牆壁上的電子時鐘來確認時間。包括這棟建築物，NO.6內部的時間一秒不差地流逝。

膠囊滾落在腳邊，並沒有溶解。

可惡！

月藥用右腳輕輕踩上去。還有一個，那個也一樣……

「這是什麼！」

男人站起來，表情扭曲。

「這是什麼臭味啊！」

「不知道……好像是肉類腐爛……大概是垃圾裡的腐敗物……」

的確臭。雖然不是猛烈的臭味，但是會讓神經不舒服。連習慣腐臭的月藥都覺得有點噁心。

「受不了，噁，讓開！」

男人摀著嘴走出房間。跟女人一樣，他也踩了月藥一腳。

「好痛，你幹嘛！」

「囉嗦！讓開！」

男人的手推了月藥的胸膛一把。月藥步伐蹣跚，撞上控制盤。

剛好是指定的時間。

月藥扶著腰，假裝呻吟，藉機按下右邊的綠色按鈕，順便連旁邊的切換按鈕也按下去。這麼一來，這個臭味就會隨著空調，分散到監獄內部。月藥不知道綠色按鈕有什麼作用，他只是按照借狗人的指示去做。

他蹣跚地站了起來，拿起吸塵器開始清掃工作。

冒了一身冷汗。

天花板正中央的監視器不知道拍到了怎樣的自己，看起來會不會不自然呢？

下手了。

桌子底下有開始溶解的膠囊，正冒出臭氣。

月藥顫抖的手用力握緊吸塵器的管子。

紫苑。
我感覺得到，你就在附近。
紫苑。
我感覺得到！

不要來，求求你，不要來。
我不想讓你看見我這個樣子。

不要來，紫苑。
我好想……
好想……
見你。

又出現一名犧牲者，總計已經超過三十人。社會地位、財產、病歷、居住地、性別、年齡、體格、嗜好似乎全都無關。下一個會是誰……

NO.6內充斥著恐懼、不安與動搖。
「市當局到底在做什麼?!」
「快點研究出原因！」
「為什麼沒有有效的策略！」
「快點派遣醫生！」
「市長，請召開緊急記者會。」
我們的NO.6究竟出了什麼問題？我們的NO.6為什麼……
老鼠敲著門，這是通往監獄的門，沙布就在這道門的那一端。
「時間差不多了。施放燦爛煙火的時刻要到了，紫苑。」
「嗯……」
「緊張嗎？」
「不，我在想。」
「你這個時候還有事情要想？」
「我在想沙布，我想快點見到她。」

「別著急。」
「還有，只是一閃而過的想法……我在想……」
「想什麼？」
「我能夠完全了解你嗎？」
「又在想這種無聊的事了。」
「是嗎……」
老鼠突然拉扯紫苑的耳朵，一陣疼痛穿刺而過。
「紫苑，你聽好，接下來就看你的了。門一開就是監獄內部，你的腦袋給我動起來，我會按照你的指示去走，你可是我的救命繩索，絕對不准給我切斷。」
「當然，事到如今不用你再耳提面命了。」
老鼠笑了，伸出手心，紫苑將手放上去。
咔嚓！
傳來聲音。
咔嚓嚓嚓！
自動上鎖裝置解除了。

「完美！回去之後可要好好獎賞借狗人才行。」

咔嚓嚓嚓！嘰！

「出動了，紫苑。」

「嗯。」

門開了。

刺眼的白色光芒。

暈眩。

無法抗拒的光。

光線溢了出來，十分燦爛。

前方無庸置疑是ＮＯ.６的世界。

（未完待續）

YOUNG AGE小說鮮視界！

YA!

青春滿點！活力滿載！好看滿分！

期待已久的畢業旅行終於來臨啦～
但沒想到竟在飯店裡撞到鬼……！？

妖怪公寓⑥

香月日輪◎著　佐藤三千彥◎圖

夕士去參加畢業旅行，但是投宿的飯店卻感覺有點陰森，而且幾個敏感的同學更表示看到「那個」了！果然，當千晶老師晚上來巡房時，才一走進夕士的房間，就如同中邪般地癱軟在夕士身上。這時房裡的溫度突然急速下降，伴隨著不知從何而來的細語「去死～～」，隨即一位穿著超復古水手服的女生幽幽現身了……這下麻煩可大囉！

YOUNG AGE小說鮮視界！

YA!

青春滿點！活力滿載！好看滿分！

戀愛經典漫畫《新戀愛白書》作者青春力作！
「窩囊廢」浪漫感動最終回！

窩囊廢不要說再見

板橋雅弘◎著　玉越博幸◎圖

咲良總算肯乖乖配合檢查，但是結果卻不太妙，身體狀況越來越差，最後不得不暫時回茅野休養。而我只能留在東京等待咲良康復回來。沒想到好不容易等到這一天，咲良卻只是為了要搬回茅野而來東京辦一些手續，當然，也是為了再見我一面。最後，我陪咲良一起回到茅野，還一起去了旅館過夜，那天，我終於向她表白了……
回到東京後，某天，我的手機傳來咲良的專屬鈴聲，我期待聽到咲良用充滿元氣的聲音再叫我一聲「窩囊廢」，但電話那頭傳來的卻是……

● 2009年日本出版界最大事件！
● 御我、水泉、詹宏志齊聲讚嘆！

被封印的祕技，被遺忘的過去，
都在艾琳與「王獸」光命定的相遇中，
即將一一揭開！

從小便對動物充滿興趣的少女艾琳，在歷經母親被處死、被迫流浪到「龍薩神王國」真王領地的坎坷遭遇後，下定決心要成為王國象徵「王獸」的專屬獸醫。
在艾琳多方的嘗試與努力之下，終於發現了能夠與「王獸」溝通的方法，然而這卻不但違反了流傳多年的「王獸規範」，更威脅到龍薩神王國封印了三百年的祕密！
身為唯一一個可以操縱王獸的「獸之奏者」，艾琳被迫捲入了真王與大公的敵對情勢中。另一方面，從小便以護衛真王為唯一使命的「硬盾」耶爾，因為得知有人叛變的祕密而遭到暗殺，在千鈞一髮之際被艾琳所救，從此兩人的命運也有了密不可分的交集。
就在真王與大公雙方勢力因為背叛者的詭計，各自以王獸和鬥蛇為武器，打算掀起可怕災難的危急時刻，艾琳和耶爾決定不惜犧牲自己的性命，也要在「降臨之野」創造人們盼望已久的奇蹟……

【皇冠2010年4月即將出版！】